KB188032

열네 살의 내비게이션

열네 살의 내비게이션

차
례

1
인간 내비게이션

"길 찾기가 이렇게 헷갈려서야! 이 동네는 왜 이렇게 익숙해지지 않는 거지?"

학교에서 멀어질수록 내 발걸음은 주눅이 들었다. 이럴 때 가장 좋은 방법은 내비게이션의 지시를 따르는 것이다. 내비게이션은 가야 할 방향과 도착 예정 시간을 친절히 안내한다. 지시를 따르면 어느새 목적지에 도착한다. 나 같은 길치에게 스마트폰은 없어서는 안 될 소중한 물건이다.

가던 길을 멈추고 스마트폰 소리를 줄였다. 내비게이션의 안내 음성이 들리지 않게 하기 위해서다. 길에서 종종 마주치는 어른들은 스마트폰을 들여다보며 걷는 것은 위험하다며 주의를 줬다. 물론 맞는 말이다. 하지만 나에게는 길을 못 찾는 게 훨씬 위험한 일이다.

내비게이션 앱을 실행시키고 첫 글자를 입력하자 최근 검색한 장소가 떴다. 저장된 주소라고 해 봐야 학교와 집, 두 군데뿐이었다.

아빠 스마트폰의 내비게이션 저장 목록을 본 적이 있다. 집이나 회사처럼 매일 가는 곳 말고도 북쪽으로는 휴전선 아래 임진각부터 남쪽으로는 해남 땅끝마을까지, 나와는 비교가 되지 않을 정도로 많은 장소가 저장돼 있었다. 언제 그렇게 많은 곳을 갔는지 아빠가 부러웠다. 아빠는 다 가 본 것은 아니라고 했다. 그래도 원하면 언제든지 갈 수 있지 않냐고 했더니 웃기만 했다. 아빠의 웃음이 어떤 뜻인지 어렴풋이 알 것 같았다.

혼자서 갈 수 있는 곳이 지금보다 더 많으면 좋겠다. 그래서 빨리 시간이 지나가길 바란다. 어른이 되면 언제든지 가고 싶은 곳에 갈 수 있을 테니까.

"후유, 이제 좀 안심이 되네."

목적지를 집으로 설정하니 안도의 한숨이 나왔다.

같은 반 아이들은 나를 인간 내비게이션이라고 부른다. 항상 내비게이션을 켜고 다녀서 붙여진 별명이다. 아이들은 내가 길치인 걸 금세 알아차렸다. 학기 초에 몇 번 지각했는데, 길을 헤맸다고 한 게 꽤 신선했던 모양이다. 아이들의 농담은 논리적이지 않지만, 자꾸 들어서 익숙해진 탓인지 그럴듯하게 들린다. 생각해 보면 맞는 말 같기도 하다. 내비게이션이 업데이트되지 않으면 길을 제대로 찾을 리 없으니까. 그래도 내 또래보다 내비게이션을 잘 사용한다. 어차피 우리들이 갈 곳이라고 해 봐야 두세 군데뿐이니 내비게이션을 사용할 필요가 없긴 하지만.

"타임머신을 타고 다닐 때가 좋았어."

길을 잘 찾지 못하는 건 늘 타임머신을 타고 다녔기 때문이기도 하다. 수업이 끝나면 타임머신이 학교 정문 앞에서 나를 실어 가려고 대기하고 있었다.

무슨 뚱딴지같은 소리냐고? 나는 노란색 학원 승합차를 타임머신이라고 부른다. 시간여행을 도와주기 때문이다. 눈 깜짝할 사이 학교에서 학원까지 또 학원에서 집까지 데려다주니 길을 잃어버릴 일이 없었다.

낯선 동네에서 길 찾기는 더 어려웠다. 어떤 결정을 하는 데 지시나 안내가 없으면 조바심이 나는 건 이런 영향 때문인지도 모른다.

이 동네는 빼곡히 들어선 아파트들이 구획을 나누고 있다. 하늘에서 내려다보면 두부를 잘라서 나눠 놓은 것 같은 모습일 거다. 아파트 사이에 있는 나무들은 두부 사이에 장식해 놓은 브로콜리 같겠지.

새로운 동네로 이사를 온 건 할아버지 때문이다. 할머니가 돌아가신 뒤로 혼자 적적하게 지내는 할아버지를 위해 엄마 아빠가 합가를 결정한 것이다. 시골집과 우리가 살던 집을 처분하고 평수를 넓혀 이 집으로 이사했다. 예전에 살던 동네와 비교하면 훨씬 넓고 깨끗하지만 한산한 주택 단지가 익숙한 나에게 이곳 풍경은 아직 어색하다.

내비게이션의 좌회전 안내와 동시에 진동이 울리며 발신자 표시가 떴다. 엄마였다. 안 좋은 소식일 것 같은 예감이 들어서 전화를 받아야 할지 잠시 망설였다. 안 좋은 소식이라면 최대한 늦게 알고 싶었다.

"우림아, 수업 끝났지?"

스마트폰 너머로 엄마의 다급한 목소리가 들렸다.

"어, 집으로 가는 길이야. 무슨 일 있어?"

"얼른 집에 가서 할아버지 오셨는지 확인해 줄래? 전화기도 꺼 놓고 대체 왜 그러신다니."

엄마는 불만을 속사포처럼 쏟아 냈다.

"어디를 가면 간다, 오면 온다, 말을 하셔야 걱정을 안 하지. 집에 있는 사람들 생각은 안 하시니 원……."

볼멘소리를 해도 할아버지를 제일 걱정하는 사람은 엄마다.

"이런 일이 한두 번도 아니고, 곧 오시겠지. 할아버지가 어린
앤가?"

할아버지가 말없이 집을 나간 지 3일이 지났는데도 소식이 없
어서 요 며칠 집안 분위기가 불안했다. 함께 살게 된 지 얼마 되
지 않았을 때 할아버지가 말없이 사라지는 일이 생겼다. 지금처
럼 할아버지와 연락이 되지 않자 집안이 발칵 뒤집혔다. 할아버
지는 북쪽이 고향인 실향민이라서 근거리에 친척이 없다. 할아
버지가 특별히 갈 곳이 없다는 점이 엄마 아빠를 더욱 불안하게
했다. 경찰에 실종 신고를 하고, 엄마 아빠는 하얗게 밤을 새우
며 할아버지의 사고 소식이라도 듣게 될까 봐 두려워했다. 나 역
시 마음을 졸이면서 할아버지가 집으로 돌아오기만을 기다렸다.
다음 날, 할아버지는 그 어떤 때보다 밝은 표정으로 돌아왔다.
할아버지는 오랜 친구를 만나서 시간 가는 줄 몰랐다고 했다. 다
시는 스마트폰을 꺼트리지 않겠다고 약속했지만 지켜지지 않았
다. 처음에는 하루였지만 다음에는 이틀, 그다음은 사흘……
할아버지가 말없이 나가 돌아오지 않는 시간은 점점 더 길어
졌다. 하지만 결국 돌아왔기 때문에 이번에도 별일 아니라고 생
각했는데 엄마 아빠는 달랐다.

"집에 들어가기 전에 동네 한 바퀴 돌아볼게."

"아유, 아서라. 그러다 길 잃어버리면 어쩌려고."

"내비게이션 있으니까 괜찮아."

처음 내비게이션 사용법을 가르쳐 준 사람은 엄마였다.

"그럼 할아버지가 가실 만한 곳 좀 살펴봐. 멀리 가지 말고, 근처 공원이나 이발소 같은 데."

"네, 걱정하지 마세요."

"혹시 할아버지 집에 오셨으면 엄마한테 먼저 전화해 줘. 알았지?"

전화를 끊자, 머릿속에서 잡다한 생각이 아우성쳤다.

"도대체 어딜 가신 거야?"

곧장 집으로 가는 대신, 동네 한 바퀴를 돌아볼 생각으로 내비게이션을 껐다. 무작정 걷다 보면 할아버지를 만날 수 있을 것만 같았다.

"할아버지는 정말 뚱딴지같다니까."

언제부턴가 할아버지가 항아리를 닮았다고 생각했다. 겉보기에는 투박해도 오래 숙성된 장을 담고 있는 항아리, 뚜껑을 열기 전까지 무엇이 담겨 있는지 알 수 없는 항아리. 할아버지가 꼭 그랬다. 할아버지는 잔소리 많고 꼬장꼬장하지만 나와 사이가 좋다.

한번은 시골 할아버지 댁에 갔다가 할머니가 애지중지하는 항아리를 깬 적이 있다. 초등학교에 막 입학했던 해, 가을 무렵이었던 것 같다. 그날 무슨 연유에서인지 시골집에 할아버지와 나만 있었다. 노인과 아이만 남은 시골집은 정적만 가득했다.

나는 잔뜩 심통이 났다. 엄마 아빠가 나만 혼자 내버려둔 게 못마땅했다. 그래서 장독대에 늘어서 있는 작은 항아리에 돌멩이를 던지기 시작했다. 내 기분이 어떤지 알아주길 바라는 마음에서였다.

항아리에는 은행이 가득 담겨 있었는데, 다리가 불편한 할아버지를 위해 할머니가 정성껏 모아 놓은 것이었다. 할아버지는 전쟁 중에 크게 다리를 다쳤다. 그래서 평생을 지팡이에 의지해 살았다. 그 때문인지 어릴 적엔 이 세상 모든 할아버지는 지팡이를 짚는다고 생각했던 적도 있다. 할아버지와 지팡이를 따로 떼어 놓고 생각해 본 적이 없었기 때문이다.

솔직히 항아리가 그렇게 쉽게 깨질지도 몰랐다. 예상치 못한 상황에 당황한 나는 옴짝달싹할 수 없었다. 항아리 깨지는 소리를 들은 할아버지가 달려왔다. 얼마나 급했는지 지팡이를 짚지 않은 채였다. 절뚝거리며 달려온 할아버지와 눈이 마주치자 참고 있던 울음이 기어이 터져 나왔다. 할아버지는 우는 나를 달랬다. 야단치기는커녕 다친 데가 없는지 살폈다. 처음에는 놀라고 겁이 나서 울었지만 예상치 못한 할아버지 반응에 어쩔 줄 몰라 울음을 멈출 수가 없었다. 할아버지는 내가 항아리를 깼다는 사실을 누구에게도 말하지 않았고, 그 일은 비밀이 되었다. 할머니가 살아생전에 틈만 나면 항아리 깬 놈을 잡겠다고 벼르던 걸 생각하면 누가 항아리를 깼는지 끝까지 몰랐던 게 분명하다.

"어? 유미잖아?"

건널목 앞 상가 입구에서 낯익은 얼굴이 보였다. 같은 반 오유미였다. 유미는 누구를 기다리는 것 같았다. 내가 가까이 다가가는데도 알아차리지 못했다. 불현듯 유미도 나처럼 전학을 온 지얼마 되지 않았기 때문에 서로 서먹서먹하다는 사실이 떠올랐다. 그래서인지 유미의 모습이 학교에서 보았을 때와 다르게 보였다. 왠지 모르게 낯선 느낌이랄까?

"저기……."

조심스럽게 손가락으로 유미의 어깨를 두드렸다.

"뭐니?"

유미가 뒤를 돌아보았다. 순간 무엇에 홀린 것 같은 기분이었다. 유미의 표정 때문이었다. 유미는 내가 누군지 모를뿐더러 모르는 사람과 이야기하고 싶지 않다는 표정을 짓고 있었다.

'어떻게 이런 일이 있을 수가 있지?'

"아! 미안."

너무 놀라 헛말이 불쑥 튀어나왔다.

"할 말 없으면 가 줄래?"

"그, 그래."

나는 유미에게 시선을 고정한 채 뒷걸음질 쳤다. 기세에 눌려
쭈뼛거리는 모습이 꼬리 내린 강아지 같았다.

2
하우스보이

"이상하다? 유미가 분명한데⋯⋯. 왜 나를 모르는 척하지?"

갑자기 억울한 생각이 들었다.

"애들이 길치라고 하니까 사람까지 못 알아보는 줄 아는 거야? 장난이 너무 심하잖아!"

유미에게 무시당한 게 약 올라서 가던 길을 멈추고 발걸음을 돌렸다.

"야! 너, 진짜 나 몰라?"

"네가 누군지 내가 어떻게 알아?"

다짜고짜 따졌지만, 유미의 반응은 변함없었다.

"지금 장난하는 거지? 모르는 척 연기하는 거지?"

"네 눈에는 내가 장난하는 것처럼 보이니?"

유미의 말에 한 방 얻어맞은 것 같았다. 모른다고 하는데 화를 낼 수도 없고 답답해서 미칠 노릇이었다.

"아우, 이게 정말!"

바짝 약이 올라 주먹을 불끈 쥐고 머리를 쥐어박는 시늉을 하자, 유미가 날카로운 비명을 내질렀다.

"꺄악!"

유미는 나를 향해 고래고래 소리치며 말했다.

"나, 너 모르거든! 왜 자꾸 치근덕거리는 거야?"

지나가던 사람이 우리를 힐끔힐끔 쳐다보았다.

"아니, 난……."

"그러니까 저리 가라고!"

"아, 알았어. 가…… 가면 될 거 아니야."

나는 뒤도 돌아보지 않고 내달리기 시작했다.

"쳇! 도대체 왜 저러는 거야?"

사람에게 여러 모습이 있다지만, 학교에서 보는 유미와 달라도 너무나 다른 모습이었다.

"잊어버리자. 안 좋은 일은 빨리 잊는 게 상책이야."

나는 의기소침해져 터벅터벅 걸었다.

"도대체 그 표정은 뭐지? 내가 누군지 전혀 모르겠다는 표정이잖아!"

기분이 엉망진창이었다. 그냥 지나칠 걸 괜히 아는 척을 했다가 봉변만 당한 꼴이었다.

"어디서부터 잘못된 거지? 내가 뭘 잘못한 걸까?"

무슨 일이 벌어진 건지 알려면 뒤엉킨 실타래를 풀어야 했다. 곰곰이 생각한 끝에 내비게이션을 끈 게 잘못이었다는 결론을 내렸다. 내비게이션만 보면서 걸어갔더라면 유미를 보지 못했을 거고, 말을 걸지도 않았을 테니까. 봉변을 당한 건 순전히 내비게이션의 지시를 따르지 않았기 때문이다.

"다시는 끄지 말아야지."

내비게이션을 켜고 목적지를 집으로 설정했다. 모퉁이를 돌고, 큰길을 지나는 동안 내비게이션에서 눈을 떼지 않았다. 익숙한 풍경이 펼쳐지기 전까지 한눈팔지 않았다. 아파트 입구에 도착하자 안도감이 밀려왔다. 그 순간 나는 아파트 벤치에 털썩 주저앉고 말았다. 그리고 허탈감에 웃음이 터졌다. 할아버지가 건너편 벤치에 앉아 나를 보며 웃고 있었기 때문이다.

"할아버지! 어딜 갔다 오셨어요? 얼마나 걱정했는지 아세요?"

내 질문은 아랑곳하지 않고 할아버지는 웃기만 했다.

"뭐가 그렇게 좋으세요?"

심통이 나서 쏘아붙이듯 물었다.

"암, 좋다마다. 오늘 녀석을 만났거든."

"누구요?"

"몰라도 돼, 이 녀석아."

할아버지의 면박만 되돌아왔다.

"아, 뭐예요! 할아버지."

할아버지와 함께 집으로 향했다. 엘리베이터 문이 닫히려는 찰나, 10층에 사는 아이가 헐레벌떡 뛰어오는 게 보였다. 아이는 정류장에서 막 출발하는 버스라도 세울 기세로 달려왔다.

"잠깐만! 기다려!"

그 아이는 어찌나 말썽꾸러기인지 아파트에서 모르는 사람이 없었다. 나는 장난기가 발동해서 재빨리 닫힘 버튼을 눌렀다. 하지만 할아버지가 지팡이를 엘리베이터 문 사이에 넣었다. 엘리베이터 문이 다시 열리자, 아이가 올라탔다. 뒤이어 내 눈에서 불똥이 튀었다.

"아얏!"

할아버지의 꿀밤이 어찌나 매운지 눈물이 핑 돌았다.

"왜 어린애한테 심술이냐, 이놈아!"

"아, 할아버지……. 야! 넌 뭘 보냐?"

심통이 나서 한마디 했더니 아이는 나를 쏘아보며 당돌하게 대꾸했다.

"복수할 거야."

내 귀를 의심하며 되물었다.

"복수한다고? 할아버지, 지금 애가 하는 말 들으셨어요?"

할아버지는 여전히 웃기만 했다.

"이 녀석이 누구한테 복수한다는 거야? 야! 착하게 살아."

가만히 듣고 있던 아이가 갑자기 6층 버튼을 눌렀다.

"너, 10층 가는 거 아니야?"

아이는 내 물음에 대꾸하지 않았다. 그리고 6층에서 문이 열리자 재빨리 엘리베이터에서 내려 계단으로 뛰어 올라갔다. 왜 저러나 싶었는데, 엘리베이터가 7층에 멈추고 나서야 그 이유를 알았다. 엘리베이터는 8층과 9층에서 모두 멈췄다.

"아, 저 쥐똥만 한 자식이!"

화가 울컥 치밀었다.

"요즘 애들 진짜 무섭네!"

면박을 줬다고 나에게 복수한 것이다.

'오늘은 누구에게 먼저 말 걸지 말아야지.'

하루에 두 번이나 봉변을 당하고 나니 그런 생각이 들었다.

'삐삑삑.'

현관문이 열리기 무섭게 신발을 벗어 던지고는 소파에 몸을 누였다.

"큭큭큭."

나는 동네북처럼 얻어터져서 만신창이가 되었는데, 뭐가 좋은지 할아버지의 웃음은 좀처럼 끊이지 않았다. 내 고통은 안중에도 없는 할아버지 때문에 서러움이 복받쳤다.

"할아버지, 손자가 애한테 당한 게 그렇게 재밌으세요?"

치기 어린 말을 뱉고 부엌으로 향하는데, 할아버지가 내 발걸음을 멈춰 세웠다.

"내가 깜짝 놀랄 만한 비밀 하나 말해 주랴?"

할아버지는 거창하게 말했지만, 솔직히 기대되지는 않았다.

"내 말을 믿지 못할 거다."

할아버지는 내가 조바심 내길 기대하는 것 같았다.

"비밀이라고요? 궁금해요. 얼른 얘기해 주세요."

궁금한 척하며 조르자, 할아버지가 신이 나 입을 열었다.

"사실 난……. 시간여행자란다. 지금도 시간여행 중이지."

순간 숨이 탁 막히고 머리가 멍해졌다.

"시간여행자라고요?"

저런 말을 하는 건 텔레비전을 너무 많이 본 탓일지 모른다. 할아버지 친구는 텔레비전뿐이니까.

"내 말을 믿지 못하는 게로구나."

대답할 수 있는 질문이 아니었다. 다만 할아버지의 말이 진짜

였으면 좋겠다. 할아버지는 겉옷을 주섬주섬 뒤지며 무언가를 찾기 시작했다. 그리고 속주머니에서 녹이 슨 작은 양철 상자를 꺼내서 내밀었다.

"열어 봐."

나는 조심스레 상자 뚜껑을 열었다.

"이건 아주 특별한 녀석이란다. 시간여행을 도와주거든. 나는 이 녀석을 타임조커라고 부른단다."

"타임조커요?"

상자 안에는 낡은 트럼프 카드 한 장이 들어 있었다. 조커였다. 자세히 보니 네 귀퉁이가 조금씩 닳고 색이 바래어 있었다. 시간여행을 도와준다는 말은 믿을 수 없었지만 무언가 특별해 보이는 것은 사실이었다.

"이 녀석과 동고동락한 지도 반백 년이 넘었구나."

"그렇게나 오래됐어요? 이건 어디서 났어요?"

할아버지는 깊은 생각에 잠긴 듯 지그시 눈을 감았다.

"이건 말이지, 동란 때 가지게 된 물건이야."

"동란이요? 6·25 전쟁 말이에요?"

할아버지가 고개를 끄덕거렸다. 할아버지는 웬만하면 전쟁 이야기를 먼저 꺼내지 않았다.

전쟁이 시작되었을 때, 할아버지는 나와 비슷한 또래였다고 했다. 할아버지의 아버지는 전쟁터로 끌려가서 소식이 끊겼고,

엄마와 여동생은 함께 피란길에 올랐다가 연합군의 폭격으로 뿔뿔이 흩어지게 되었다고 했다. 나는 이제껏 엄마 아빠와 헤어진 적이 없었다. 그래서 가족을 잃어버린 할아버지의 마음을 온전히 이해할 수는 없었다. 그저 할아버지가 불쌍하다는 생각뿐이었다.

"그때는 모든 사람이 고통을 받았으니 나만 불행했다고 할 수는 없지. 그래도 나는 꽤 운이 좋은 편이었어. 하우스보이가 되었으니까."

"하우스보이가 뭔데요?"

"하우스보이는 미군 부대에서 잔심부름하던 어린아이들을 부르는 말이란다."

졸지에 고아가 된 할아버지는 미군 부대에서 3년여 동안 하우스보이로 지냈다고 했다. 그러다 미군 부대로 날아온 포탄에 다리를 다쳤으니, 훈장으로 목발 하나를 받은 셈이다.

이것이 6·25 전쟁과 할아버지에 대해 내가 아는 전부다. 6·25 전쟁은 다른 나라에서 벌어지는 일처럼, 지금까지는 나와 동떨어진 이야기일 뿐이었다.

3
시간여행자

"할아버지, 더 자세히 얘기해 주세요."

할아버지의 이야기가 더 듣고 싶었다.

"타임조커는 한 젊은 병사의 유품이야. 그가 죽기 전 내게 준 거야."

할아버지는 이야기보따리를 풀기 시작했다.

"그들은 모두 젊었고 부모와 형제자매가 있었지."

할아버지의 말투가 왠지 쓸쓸하게 느껴졌다.

"그가 숨을 거두기 전에 그러더군. 자신의 유품을 가족에게 꼭 전해 달라고. 난 그러겠다고 약속했어."

"그런데 왜……."

나는 가끔 아무 생각 없이 되묻곤 한다. 습관처럼 내뱉고 종종 후회한다. 지금도 마찬가지였다. 왜 그걸 지금까지 갖고 있냐고 묻는 것은 약속을 지키지 못한 할아버지를 탓하는 것처럼 들렸을 것이다.

"그래, 약속을 못 지켰지."

"죄송해요, 할아버지. 제 말은 그러니까……."

"괜찮다, 얘야. 약속을 지키지 못한 건 사실이잖니."

할아버지는 나를 다독이며 말을 이었다.

"버릴 수도 없었고, 그의 가족에게 전해 줄 엄두도 내지 못했어. 왜냐고?"

할아버지가 물었지만, 대답을 듣기 위한 질문은 아니었다. 나는 여유를 두고 할아버지가 다시 이야기를 들려줄 때까지 기다렸다.

"살아야 했으니까. 살다 보면 힘든 결정을 내려야 하는 순간이 찾아올 때가 있지. 그건 선택할 수 있는 게 아니야. 그런 게 바로 운명이란다. 내게는 이 녀석이 그랬고……."

할아버지가 손에 든 타임조커를 내 얼굴에 바짝 들이밀었다. 타임조커가 가늘게 떨리고 있었는데, 할아버지가 손을 떨고 있다는 것을 알게 되니 기분이 묘했다. 할아버지와 타임조커가 연결되어 있는 느낌이라고 할까? 그래서인지 무척 특별해 보였다.

"그 사람한테 이 타임조커가 중요한 물건이었을까요?"

"중요하지. 이 세상을 살다 간 유일한 흔적이니까."

애정 어린 손길로 타임조커를 만지작거리는 할아버지는 그 시절, 소년의 모습으로 되돌아간 것 같았다.

할아버지의 옛날이야기를 듣다 보니 시간여행을 하는 기분이었다. 할아버지의 과거를 돌아봤으니 시간여행을 했다고 해도 틀린 말은 아닐 것이다.

"아참! 엄마한테 전화하는 걸 깜빡했네."

엄마에게 전화하면 할아버지가 어디 다녀오셨는지 물어볼 게 뻔했다.

"할아버지, 아까 만났다는 친구분이요……."

할아버지에게 넌지시 물었다.

"허허, 그 녀석 말이냐? 소학교에 함께 다녔던 친구지."

할아버지의 말을 듣자, 안도의 한숨이 절로 나왔다.

"왜 진작 친구 만나러 간다고 말씀 안 하셨어요? 엄마가 얼마나 걱정했는데요."

나는 원망 섞인 투로 말했다. 할아버지를 찾으러 다니는 동안 겪은 봉변을 할아버지 탓으로 돌리고 싶었다.

"60년 전에 죽은 사람을 만나고 온다고 말하면 어느 누가 믿겠냐?"

친구의 무덤에 다녀왔다는 건지, 귀신을 만났다는 건지 할아버지의 말을 도통 이해할 수 없었다.

"친구 무덤에 다녀오신 거 맞죠?"

"이 녀석, 할아비의 말을 개똥으로 들어 먹은 게냐? 전쟁 통에 실종돼서 뼈도 못 추렸는데 무덤은 무슨!"

할아버지가 호통을 치더니 손에 들고 있던 타임조커를 내 눈 앞에 사정없이 흔들었다.

"이 녀석이 나를 데려다줬다고! 소학교가 있던 그 고향 마을에!"

'할아버지는 정말 시간여행을 했다고 믿고 계신 건가?'

"할아버지 괜찮으신 거죠?"

"쯧쯧쯧, 거 봐라. 그러니 내가 아무에게도 말을 못 하는 거지. 그러게, 비밀이라고 했잖냐!"

할아버지가 내 눈을 똑바로 바라보았다. 나도 할아버지의 눈을 피하지 않고 흔적을 찾기 시작했다. 하지만 아무것도 찾을 수 없었다. 그저 얼빠진 표정의 내 얼굴만 할아버지 눈동자에 비칠 뿐이었다.

"아! 미치겠네."

나는 머리를 감싸 쥐었다.

"이 녀석은 줄곧 내가 원하는 시간으로 나를 데려다주었지."

나는 아무런 말도 할 수 없었다.

"사실이란다. 들려주랴?"

나는 고개를 힘껏 끄덕였다.

할아버지도 타임조커가 어떻게 시간여행을 가능하게 하는지 알지 못했다. 그저 우연히 시작됐을 뿐이라고 했다.

첫 번째 시간여행은 할아버지가 하우스보이로 있던 미군 부대가 공격받을 때 시작됐다. 하지만 그때는 시간여행이라고 생각하지 못했다. 할아버지가 있던 막사에 포탄이 떨어졌고, 머리에 큰 상처를 입었다. 피를 흘리며 고통에 신음하다 정신을 잃었는데, 깨어났을 때는 포탄이 떨어지기 꼭 한 시간 전으로 돌아가 있었다.

"처음에는 악몽을 꾸었다고 생각했단다. 그러나 곧 그 일이 닥칠 거라는 것을 알게 되었지."

예지몽을 꾸었다고 생각한 할아버지는 재빨리 다른 막사로 도망쳤다. 하지만 그 막사에도 폭탄이 떨어졌고, 머리 대신 다리에 상처를 입었다.

"이 녀석이 내 목숨을 구해 준 거야."

할아버지의 다리를 보자 마음이 무거워졌다.

두 번째 시간여행은 1983년, 이산가족 찾기 방송 뒤 갑작스레 시작됐다. 가족을 찾고 싶은 간절한 마음으로 할아버지는 시간여행을 시도했다.

"그럼 여동생, 그러니까 고모할머니를 만나신 거예요?"

"암, 만나고말고."

"가족을 찾아서 다행이에요! 좋으셨어요?"

전쟁 통에 헤어진 어린 동생을 어른이 되어서 다시 만났을 때, 할아버지는 어떤 기분이 들었을까?

"좋다마다. 어디 좋다 뿐이겠니?"

"시간이 많이 지났는데 한눈에 알아보셨어요?"

갑자기 의구심이 들었다. 할아버지가 고모할머니를 만났다면 고모할머니의 가족도 만났을 것이다. 하지만 나는 고모할머니를 본 적도 들은 적도 없었다.

"어? 할아버지, 저는 고모할머니를 뵌 적이 없는데요?"

"그럴 수밖에……."

할아버지가 고모할머니를 만난 건, 이산가족 찾기에서가 아니라 피란길에서였다.

"피란길이라고요? 그럼 과거로 시간여행을 한 거예요?"

할아버지는 과거로 돌아가 피란길에 오른 가족을 만났지만, 연합군의 폭격으로 영영 헤어질 수밖에 없었다. 안타까운 사연에 인상이 절로 찌푸려졌다.

"왜 폭격을 피하는 길을 알려 주지 않으셨어요?"

"허허, 왜 말을 안 했겠니. 그 길로 가면 안 된다고, 다른 길로 가라고 여러 번 말했지."

할아버지의 이야기에 가슴이 철렁 내려앉았다.

"여러 번이요?"

"그래, 여러 번."

할아버지는 잠시 뜸을 들이며 내게 시간을 주었다. 상황을 이해할 시간이 필요하다는 것을 알고 있는 것이다.

"시간여행이 운명까지 거스를 수 있는 건 아니란다."

할아버지는 가족에게 그날 폭격이 있을 거라고 알려 주었고, 덕분에 가족은 무사히 그 길을 피했다. 그러나 할아버지는 가족과 다시 헤어져야만 했다. 할아버지는 가족을 살리기 위해 또다시 시간여행을 했고, 다른 피란길을 알려 주었다. 하지만 매번 같은 날, 다른 사건으로 이별을 반복하게 되었다.

상황을 이해하자, 마음이 무거워졌다.

"그냥 내버려두었으면 편히 갔을 텐데, 내가 욕심을 부려서 여러 번 죽게 한 거야. 가족을 잃는 건 한 번으로도 힘든 일인데 계속 반복했으니 그 기억이 더욱 고통스럽지."

촉촉이 젖은 할아버지의 눈을 보니 숙연해졌다. 할아버지 심정을 온전히 이해할 수는 없겠지만 공감을 표현하고 싶었다. 그래서 내가 할 수 있는 최선의 위로를 건넸다.

"할아버지 잘못이 아니에요. 저라도 그렇게 했을 거예요."

"괜찮다, 애야. 모두 다 지난 일이란다."

할아버지의 시간여행 이야기가 어찌나 실감이 나는지 할아버지의 말을 전부 믿게 되었다. 어느새 나도 시간여행을 하는 것 같았다.

"이 얘기는 지금껏 누구에게도 하지 않았지."

할아버지가 담담히 말을 이었다.

"하지만 너에게만큼은 꼭 들려주고 싶었단다. 너라면 믿어 줄 거라고 생각했으니까."

그 이야기를 듣자마자 온몸에 전율이 일었다. 내가 할아버지에게 특별한 존재라는 생각이 들었다. 은밀한 비밀의 공모자가 되어 할아버지와 나는 두 번째 비밀을 갖게 되었다.

4
웃음의 끝자락

갑자기 시간여행을 하고 싶은 마음이 간절해졌다.

"할아버지, 시간여행하는 방법을 가르쳐 주세요."

할아버지는 나를 물끄러미 바라보았다. 마치 내 속을 꿰뚫어 보는 것만 같은 눈빛이었다.

"아, 아니에요. 할아버지."

괜한 소리로 할아버지의 심기를 불편하게 한 건 아닌지 걱정이 되었다.

"아! 그러고 보니 중요한 이야기 하나를 빠트렸구나. 내가 이렇게 깜빡깜빡한다니까."

할아버지에게 크게 혼날 거라고 생각했는데, 오히려 반대였다.

"중요한 얘기가 뭐예요?"

나는 귀를 쫑긋 세우며 물었다.

"시간여행을 할 때마다 소중한 추억이 하나씩 사라졌어."

"네? 추억이 사라졌다고요?"

"그러니까 그게 말이다……."

"기억 상실증이랑 비슷한 거예요?"

"그렇다고 할 수 있지. 군데군데 기억이 없으니까. 부분 기억 상실쯤 될까?"

할아버지는 소파에 깊숙이 몸을 기대고 눈을 감았다. 그리고 잠시 후 이야기를 이어갔다.

"한번 시간여행을 시작하면 멈출 수가 없어. 중독된 것처럼. 문제는 사라지는 기억을 선택할 수 없고, 다시 떠올릴 수도 없다는 거야."

"음, 기억 상실증이라……."

"사라진 기억은 돌아오지 않는단다. 자신의 일부가 완전히 사라져 버리는 거지. 그런데도 시간여행을 하고 싶니?"

할아버지의 질문을 신중하게 생각해 보았다. 곰곰이 따져 봐도 나에게는 특별하고 소중한 기억은 없는 것 같았다. 있다 하더라도 시간여행을 할 수만 있다면 그깟 기억쯤은 사라져도 상관없었다. 기억의 빈자리는 시간여행의 기억으로 채워질 테니 말이다. 게다가 기억 상실증은 뭔가 신비로운 구석도 있었다.

'기억을 잃고 시공간을 방황하는 시간여행자라……. 꽤 근사

한데!'

영화 속 주인공 같다는 생각이 들었다.

"시간을 되돌리고 싶을 때가 있지? 누구나 한 번쯤은 그런 생각을 할 거야. 현실이 고통스러울 때 말이야."

갑자기 할아버지의 목소리가 늘어지기 시작했다.

"하지만 고통은 순간이란다. 그 순간을 참지 못하고 피한다면 소중한 것을 잃게 돼…. 자신을 잃어버리는 거지. 그러니 늘 현실에 충실하게 살아야 해…. 나는 그걸 너무 늦게 깨달았단다."

"할아버지, 저는 아직 기억하고 싶은 게 많지 않아요. 그러니까 괜찮아요."

지푸라기를 잡는 심정으로 매달렸지만, 할아버지는 어떤 말도 하지 않았다.

"할아버지?"

조심스럽게 불러 보았지만, 할아버지는 아무런 미동도 없었다. 갑자기 불안한 생각이 머릿속을 휘감았다.

"혹시……."

할아버지 연세를 생각하면 충분히 있을 수 있는 일이었다. 생각은 걷잡을 수 없이 커졌다.

'돌아가실 걸 미리 알고 오랫동안 간직한 비밀을 털어놓으신 건가? 어떻게 하지? 엄마한테 뭐라고 하지?'

할아버지가 들려준 시간여행 이야기를 하면 엄마는 기절할지도 모른다.

'아빠한테 전화할까? 구급차를 불러야 하나? 아니면 경찰?'

최악의 상황까지 생각하다가 덜컥 겁이 났고, 눈물까지 찔끔 나왔다.

"하, 할아버지!"

나는 할아버지를 목청껏 불렀다.

"아, 이놈아. 시끄러워! 할아비 귀 안 먹었어."

할아버지의 목소리가 천둥처럼 울렸다.

"이, 이놈이. 막 잠이 들었는데……."

할아버지가 원망스럽다는 눈길로 나를 쳐다보았다.

할아버지는 입맛을 다시며 벌떡 일어났다. 그리고 방으로 성큼성큼 발걸음을 옮겼다.

"하, 할아버지……."

할아버지의 뒷모습은 노인이 아니라 젊고 패기 넘치는 청년처럼 보였다.

왠지 속은 기분이 들었다.

'이제껏 나에게 들려주신 건 뭐지? 모두 꾸며 낸 이야기인 거야?'

어디까지가 진실이고 어디까지가 거짓인지 알 수 없었지만

한 가지만은 분명했다. 할아버지는 나를 훈계한 것이다. 정신 똑
바로 차리고, 착하게 살라고 말하고 싶었던 거다!

"아버님!"
회사에서 돌아온 엄마는 곧장 할아버지를 찾았다.
"아버님, 또 어딜 다녀오신 거예요?"
엄마의 목소리는 잔뜩 날이 서 있었다.
"볼일이 좀 있었어."
할아버지는 멋쩍게 대답했다.
"어디 가는지 말씀해 주시면 좋잖아요. 집에서 걱정하는 자식
들 생각은 안 하세요?"
엄마는 깊은 한숨을 내쉬며 원성을 토했다.
"그래, 내가 미안하다."
엄마의 채근에 사과하는 할아버지의 모습이 엄마에게 꾸중
듣는 내 모습과 겹쳐 보였다.
"그리고 전화는 왜 안 받으시는 거예요?"
"그만하자꾸나. 앞으로는 말하고 다니마. 전화도 잘 받고. 내
앞가림 정도는 알아서 하니 너무 신경 쓰지 마라."
할아버지가 낮고 강한 어조로 말하자 쏘아붙이던 엄마가 말
을 멈췄다.

침묵이 먼지처럼 사뿐히 내려앉았다. 우두커니 서 있던 나는 졸지에 비무장지대가 된 기분이 들었다. 비무장지대를 두고 갈라선 남과 북처럼 엄마와 할아버지가 나를 가운데 두고 대치하고 있었다. 두 사람은 선을 긋고 더는 넘어가지 않으려고 했다. 할 말이 많지만 차마 다 할 수는 없어서였을 것이다. 심상치 않은 분위기를 풀어 볼 생각으로 할아버지의 옷자락을 잡으며 엄마에게 말했다.

"엄마, 할아버지 친구 만나고 오셨대요."

엄마가 나를 한 번 힐끗 쳐다보더니 이내 고개를 돌렸다. 화를 낸 것이 부끄러워서 시선을 피했을 것이다.

"그렇게 미리 말씀해 주시면 좋잖아요."

"알았다. 앞으로는 그렇게 하마."

화해 분위기가 조성되었다. 두 사람도 집안에 냉기류가 맴도는 것을 원치 않았을 것이다.

"나는 방에 들어가서 좀 쉬어야겠다."

탁월한 선택이었다. 문은 양면성을 가지고 있어서 열면 통로가 되지만 닫으면 벽이 되고 만다. 지금은 소통보다는 단절이 더 적절한 때였다.

"할아버지 어디서 찾았니?"

할아버지가 방으로 들어가자, 엄마가 물었다.

"아파트 입구에서 만났어. 찾기는 뭘⋯⋯. 할아버지가 어린앤가?"

"엄마가 전화하랬잖아!"

"아, 전화하려고 했는데⋯⋯."

엄마는 할아버지에게 묻고 싶었던 질문을 나에게 퍼부었다.

"할아버지한테 어디 갔다 오셨냐고 여쭤봤어?"

"친구 만나고 오셨다잖아."

"친구? 누구?"

"나도 몰라. 돌아가신 분이래."

엄마가 혼잣말로 중얼거렸다.

"그래? 그렇다면 다행이네."

엄마는 할아버지가 친구의 무덤에 다녀왔다고 결론을 내린 게 틀림없었다. 나는 할아버지에게 들은 그대로 전하지 않았다. 엄마가 큰 충격을 받을 수도 있으니까 믿고 싶은 대로 두는 게 좋을 것 같았다.

엄마 아빠의 걱정은 끊이질 않는다. 할아버지 나이를 생각하면 당연한 일이다. 하지만 나는 이제 할아버지를 걱정하지 않아도 된다는 생각이 들었다.

"할아버지 말이야, 보통 사람이 아니신 거 같아."

"그게 무슨 말이야?"

엄마가 놀란 표정을 하며 물었다.

"할아버지는 엄마나 아빠가 생각하는 것보다 훨씬 강한 사람인 것 같아. 다리가 불편한 것 빼고는 몸도 건강하시잖아. 그러니까 걱정하지 않아도 될 것 같아."

내 말에 엄마 얼굴이 일그러졌다. 웃는 건지 우는 건지, 아니면 화가 난 건지 알 수 없는 표정이었다. 감정을 들키고 싶지 않은 마음이 그런 표정에 드러난 건지도 모르겠다.

"어머, 얘 좀 봐! 쓸데없는 소리 하지 말고 방에 들어가서 공부해. 얼른!"

슬쩍 엄마 표정을 살폈다. 입가에 맺힌 게 웃음의 끝자락이라는 생각이 들었다.

"우림아, 엄마가 학원 알아보고 있는데……."

엄마가 방으로 걸어가는 나를 불러 세웠다.

"친구들한테 어느 학원이 괜찮은지 물어봤니?"

"아니요. 혼자서 해 볼래요."

"그러다 성적 안 나오면 어쩌려고. 한 번 떨어지면 다시 올리기가 얼마나 힘든데."

엄마는 나보다는 내 성적에 더 관심이 많다.

"생각해 볼게요."

"그럼 친한 친구랑 같이 다니는 건 어떠니?"

"별로예요. 아는 애가 있으면 좀 불편해요. 괜히 비교하고, 집중이 안 될 수도 있고."

핑계를 댔지만, 사실은 친하게 지내는 친구가 없었다.

"공부할 자세가 되어 있는 거 같은데? 그럼 엄마가 좀 더 알아볼게."

엄마는 내가 뒤처질까 봐 조바심을 냈다. 내가 무리 속에서 안도감을 느끼는 것이 엄마와 비슷한 감정인지도 모르겠다.

5

타임조커

'정말 시간여행자일까? 할아버지 말을 믿어도 될까?'

할아버지의 이야기가 머릿속에서 맴돌았다.

할아버지 말이 사실인지 거짓인지 확인할 방법은 없다. 그래도 시간여행을 마치고 돌아올 때면 할아버지는 언제나 밝은 모습이었다. 그 모습이 보기 좋았다. 할아버지의 시간여행이 끝나지 않았으면 좋겠다는 생각과 동시에 정반대의 생각도 들었다. 할아버지가 소식도 없이 며칠씩 돌아오지 않을 때면 엄마와 아빠의 다툼이 시작되고 불똥이 나한테 튀기 때문이다.

'타임조커가 없다면 어떻게 될까?'

갑자기 하나의 질문이 떠오르더니 나를 사로잡았다.

'타임조커가 없어도 할아버지의 시간여행이 가능할까?'

할아버지의 말이 사실이라면 타임조커 없이는 시간여행이 불가능할 거다. 할아버지가 말도 없이 사라지는 일도 없을 거고, 엄마 아빠도 더는 걱정하지 않을 것이다.

'할아버지는 60년 넘게 간직한 혼자만의 비밀을 왜 나에게 털어놓으신 걸까?'

갑자기 그 이유가 궁금해졌다. 할아버지는 시간여행을 하면서 기억을 잃어버린다고 했다. 그러면서 자신을 조금씩 잃어간다고 말했다. 그렇다면 통제 불능이 된 시간여행을 내가 막아 주길 바란 건 아닐까? 혹시 나에게 보낸 구조 요청은 아니었을까?

할아버지의 시간여행을 막아야 한다는 의무감이 어깨를 무겁게 짓누르기 시작했다.

"그래! 타임조커가 없어져야 해! 그래야 내가…… 아니, 우리 가족이 모두 편안해질 수 있어."

모든 진실을 알고 있는 나만이 할 수 있는 일이었다.

나는 타임조커를 몰래 빼내는 계획을 세웠다. 훔치는 것이 아니었다. 할아버지가 시간여행을 하지 못하도록 잠깐만 보관하는 것이었다. 타임조커를 숨기는 일이 꺼림칙했지만, 가정의 평화를 위해서 해야 하는 일이었다.

할아버지는 초저녁에 자서 아침 일찍 일어난다. 엄마 아빠도 내일 출근을 해야 하니까 저녁 11시쯤이면 가족 모두 꿈나라를 여행하고 있을 것이다. 나는 11시에 계획을 실행하기로 마음먹었다.

'똑똑.'

할아버지 방을 노크했지만, 아무런 대답이 없었다. 방문을 빠끔히 여니, 침대에 누워 있는 할아버지가 보였다. 간간이 코를 골고, 때론 거친 숨을 내쉬며 자고 있었다.

"하, 할아버지?"

속삭이듯 불렀다. 할아버지는 아무런 미동도 없었다. 가슴이 콩닥콩닥 뛰기 시작했다.

'할아버지가 깨시기 전에 끝내야 해.'

타임조커를 찾기 시작했다. 옷걸이에 걸린 겉옷 주머니를 뒤적였지만 없었다. 식은땀이 삐질 났다.

'어디에 두셨을까?'

할아버지의 낡은 물건 중에는 앉은뱅이책상이 있는데, 책상 서랍에 중요한 것을 넣어 두곤 했다.

나는 조심스레 서랍을 열었다. 아니나 다를까 작은 양철 상자가 서랍 한 귀퉁이에 얌전히 놓여 있었다. 떨리는 마음을 진정시키려 애쓰며 양철 상자를 열었다. 그리고 타임조커를 꺼내어 내 주머니에 넣었다.

"할아버지, 타임조커는 제가 잘 보관하고 있을게요."

나는 나지막이 속삭이고 방에서 빠져나왔다.

"후유, 떨려서 죽는 줄 알았네!"

내 방으로 돌아와 문을 걸어 잠그고 침대에 걸터앉았다. 호흡을 가다듬은 뒤 타임조커를 유심히 살펴보았다. 카드에는 시간의 흔적이 여실히 남아 있었다. 가장자리는 불에 그을려 있었고, 전체에 띄엄띄엄 얼룩이 묻어 있었다. 저글링 하는 광대 그림은 색이 바랬지만 당장이라도 카드에서 뛰쳐나와 움직일 듯 사실적이었다.

"음……. 이 녀석은 어쩌다가 머나먼 한국 땅에, 그것도 할아버지 손에 들어오게 됐을까?"

내 마음은 온통 타임조커에 사로잡혀 있었다. 마치 타임조커와 내가 보이지 않는 끈으로 연결된 것만 같았다.

"아무래도 이건 운명인 것 같아."

우리가 만나기까지 타임조커의 길고 긴 여정을 상상했다. 그 여정이 한 컷, 한 컷 파노라마처럼 흘러 지나갔다.

1950년 6월 25일, 한국 전쟁이 일어났다. 평화를 사랑하는 젊은이들이 작은 나라에 모여들었다. 전쟁은 참혹했고, 젊은 병사들은 두려움에 떨었다. 전투를 기다리는 병사들의 두려움을 달래 주는 건 카드놀이뿐이었다. 병사들은 전투가 시작되면 총을 쏘고, 전투가 끝나면 삼삼오오 모여서 카드놀이를 즐겼다. 카드놀이를 하는 병사는 매번 바뀌었다. 누군가는 죽고, 누군가는 크게 다쳐서 병원으로 갔기 때문이다.

어느 날 카드를 갖고 있던 병사가 크게 다쳤다. 그리고 카드 중 몇 장이 포화에 불타 없어졌다.

"이런, 카드가 없잖아!"

병사들은 절망했다. 카드마저 없는 이곳은 바로 지옥이기 때문이다. 손재주가 좋은 병사에게 불타 없어진 카드를 그리게 했다. 그중 하나가 바로 이 타임조커다.

전쟁은 수많은 젊은이의 희생으로 끝을 맺었다. 살아남은 병사들은 고국으로 돌아갔지만, 타임조커는 이곳에 남겨졌다. 그리고 60여 년의 세월이 흐른 뒤, 나를 만난 것이다.

몸이 부르르 떨렸다. 상상 속 이야기지만 사실인 것처럼 생생했다. 문득 그림 속에서 시간여행을 가능하게 하는 열쇠를 찾을 수 있을지도 모른다는 생각이 들었다.

눈을 크게 뜨고 타임조커를 유심히 살폈다.

"시계로 저글링 하는 조커라……."

광대가 저글링을 하는 건 공이 아니라 시계였고, 흠집인 줄 알았던 빗금은 시곗바늘이었다.

"시계가 세 개네. 과거, 현재, 미래를 의미하는 걸까? 이게 시간여행의 열쇠일까?"

시간여행을 하고 싶은 생각이 간절했지만, 타임조커 사용법을 몰랐다.

"할아버지를 졸라서 시간여행하는 방법을 배워야겠어."

상상만 해도 기분이 짜릿했다.

"시간여행이 가능하다면 어디로 갈까? 과거?"

안타깝게도 추억할 만한 일이 별로 없었다. 과거로 가 봐야 어차피 초등학생일 텐데, 과거나 지금이나 내가 할 수 있는 일은 그다지 많지 않았다. 시간여행도 어른이 되어야 할 수 있겠다는 생각이 들자 우울해졌다.

"그럼 미래로 시간여행을 해 볼까?"

어른이 되면 언제든지 가고 싶은 데로 떠날 수 있을 것 같았다. 모르는 길은 내비게이션이 안내해 줄 테니 걱정할 건 하나도 없었다.

"좋아. 미래로 가 보자."

미래로 시간여행을 결정한 뒤 혹시나 하는 마음으로 타임조커를 노려보며 외쳤다.

"나를 미래로 데려다줘!"

'째깍째깍.'

책상 위에 있는 탁상시계를 쳐다보았다. 초침이 한 바퀴를 다 돌 때까지 눈을 떼지 않았지만 아무 변화가 없었다.

"치, 이럴 줄 알았어. 대체 뭘 기대한 거야?"

타임조커를 책상 위로 던져 버리고 침대에 벌렁 드러누웠다.

"나도 참……. 뚱딴지같은 할아버지 얘기를 믿다니!"

책상을 등지고 옆으로 돌아눕는 순간, 갑자기 등줄기에 소름이 확 돋았다. 누군가 나를 쳐다보는 느낌이 들었기 때문이다. 문득 조커가 카드에서 튀어나왔을지 모른다는 생각이 들었다. 램프의 요정 지니처럼 말이다.

'시간여행을 할 수 있게 해 달라는 부탁을 들어주려고 하는 걸까? 그런 일이 정말 생길 수 있을까?'

황당무계한 생각이었지만 소원이 이뤄지길 고대하며 고개를 확 돌려 뒤를 보았다.

책상 위에 놓인 타임조커가 스탠드 불빛 아래서 반짝였다.

"상상이 너무 지나쳤나?"

그 모습 그대로인 타임조커를 보자 실망감이 밀려들었다.

"빨리 어른이 되고 싶다. 그럼 학교에 안 가도 되고, 지긋지긋한 공부에서 해방될 텐데……."

졸음이 몰려오며 눈꺼풀이 스르르 내려앉았다.

"타임조커를 저대로 두면 안 되는데……. 어디다 숨겨야 하는데……."

타임조커는 스마트폰 케이스 안에 넣을 수 있을 것 같았다. 타임조커를 숨기려면 침대에서 일어나야 했다. 하지만 어찌 된 일인지 몸이 마음대로 움직여지지 않았다.

"할아버지한테 들키면 혼날 텐데……."

타임조커를 숨겨야 한다는 생각이 머릿속에 맴돌았지만 나도 모르게 눈을 감고 말았다.

6

첫 번째 여행

"오유미, 너 연기 잘하더라?"

쉬는 시간을 알리는 종이 울리자, 유미 자리로 달려가 다짜고짜 따졌다.

"어제 길에서 만났을 때, 왜 모른 척한 거냐?"

"길에서 만났다고? 난 너 본 적 없는데?"

유미가 정색하며 말했다.

"거짓말하지 마. 분명히 너였다고."

유미가 발뺌하자 나는 강하게 몰아붙였다.

"다른 사람 보고 착각하는 거 아니야?"

유미는 알 수 없는 눈빛으로 나를 뚫어져라 바라보았다.

"내가 사람도 못 알아볼까 봐?"

갑자기 얼굴이 뜨겁게 달아올랐다.

"그럼 어디에서 만났는데?"

유미는 끝까지 자신의 주장을 굽히지 않았다.

"그러니까 저기, 횡단보도 앞……."

말문이 막혀서 얼버무리고 말았다. 거기가 정확히 어딘지 모르니까.

"하여튼……. 분명히 너였거든!"

"너, 꿈꿨니?"

시치미를 떼는 유미 때문에 괜스레 약이 올랐다. 그저 내가 잘못 본 게 아니라는 사실을 확인하고, 미안하다는 말을 듣고 싶었을 뿐이다. 그런데 유미는 그럴 생각이 없는 것 같았다.

"야! 너 이중인격자냐?"

유미에게 본때를 보여 주겠다는 생각으로 쏘아붙였다. 그러자 유미가 자리에서 벌떡 일어났다.

"나한테 왜 이러는 거야? 아니라는데 왜 자꾸 치근덕대?"

"뭐? 치, 치근덕댄다고?"

하도 기가 막혀서 말까지 더듬었다. 유미에게 오늘 또 봉변을 당했다.

"너, 어제도 나한테 똑같은 소리 했거든."

재미난 구경거리가 생긴 듯 아이들이 나와 유미를 에워쌌다.

상황이 걷잡을 수 없이 커지고 있었다. 하지만 내가 그만하고 싶다고 해서 그만둘 수도 없었다. 나도 모르는 새 주도권이 넘어가고 말았으니까.

"내가 너한테 잘못한 거 있니?"

유미가 울먹이는 소리로 말하자 아이들로부터 비난의 화살이 날아왔다.

"야! 내비, 왜 가만히 있는 애한테 시비야?"

"우림이, 왜 그러는 거야? 너 유미 좋아하냐?"

한 아이가 상황과 전혀 어울리지 않는 생뚱맞은 말을 던졌다.

"아, 아니거든! 내가 왜 저딴 애를······."

당황한 나머지 생각지도 못했던 말이 불쑥 튀어나왔다.

"뭐? 저딴 애?"

말을 마치기가 무섭게 유미가 닭똥 같은 눈물을 흘리기 시작했다. 그러자 아이들의 원성이 쏟아졌다. 나를 흘겨보며 저희끼리 구시렁거리는 몇몇 아이들도 보였다. 어제에 이어 오늘도 유미에게 일방적으로 당한다는 생각이 들어 너무나 억울했다. 그래서 억지를 부렸다.

"갑자기 왜 우는 거야? 나 골탕 먹이려고 일부러 그러는 거지?"

'철썩.'

순간 눈앞에 불꽃이 튀었다. 주위가 온통 희뿌옇게 변하더니 모든 것들이 일제히 멈춰 버렸다. 마치 시간이 정지한 것 같았다. 정지된 시간 속에 유미와 나, 단둘이 마주 보고 서 있었다.

'예쁘게 생겼구나!'

잠깐 심장이 두근거렸다. 화들짝 놀란 나머지 나도 모르게 몸을 한껏 뒤로 젖혔다. 왼쪽 뺨이 불에 덴 듯 화끈거렸다.

"뭐, 뭐야? 왜 때려……."

나는 가까스로 정신을 차리고 말했다.

유미가 고개를 들어 원망 가득한 눈빛으로 나를 노려보았다.

"나한테 왜 그러는 건데?"

유미는 기가 막힌다는 듯이 물었다.

"너, 너야말로 나한테 왜 그러는 건데?"

나도 유미와 똑같은 말을 할 수밖에 없었다. 정말로 왜 그러는지 궁금했으니까.

"너, 재수 없어."

유미는 말을 툭 던지고 홱 돌아서서 밖으로 나갔다.

교실은 태풍이 한바탕 휩쓸고 지나간 것처럼 고요해졌다. 아이들 모두 자리로 돌아갔다. 외톨이가 된 기분이었다.

나는 아무렇지 않은 표정으로 담담하게 교실을 나갔다. 아이들의 시선에 뒤통수가 따가웠지만 신경 쓰지 않으려고 애썼다. 나는 화장실로 빠르게 발걸음을 옮겨 맨 끝 칸으로 들어갔다. 문을 걸어 잠근 뒤, 변기 뚜껑을 덮고 앉았다. 한숨이 쏟아졌다.

"후유, 뭐가 잘못된 거지?"

얼얼한 뺨을 어루만졌다. 뺨이나 맞고 화장실에 피해 있는 내 신세가 한심하고 처량해서 눈물이 나올 것만 같았다. 곧 수업이 시작될 테지만 화장실에서 나갈 용기가 나지 않았다.

"아이들이 나를 어떻게 생각할까?"

생각할수록 가슴이 답답했다. 이런 상황에서는 내비게이션도 아무런 소용이 없었다. 그때, 타임조커가 떠올랐다. 타임조커만이 이 상황을 벗어날 수 있는 해결책인 것 같았다.

'타임조커를 어디에 뒀지? 맞아!'

나는 스마트폰을 뒤집었다. 아니나 다를까 타임조커는 케이스 안에 가지런히 놓여 있었다.

"이곳을 벗어나고 싶어. 나를 미래로 데려다줘!"

나는 타임조커를 움켜쥐고 혹시 다른 사람에게 들킬까 봐 작은 소리로 중얼거렸다.

'딩동댕동!'

수업 시간을 알리는 종이 울렸다.

혹시나 하는 기대는 여지없이 빗나갔다. 타임조커 역시 내비게이션처럼 정작 필요할 때는 아무 도움도 되지 않았다. 나는 화장실에서 옴짝달싹 못 한 채 걱정만 하고 있었다.

"선생님이 물어볼 게 뻔한데, 뭐라고 하지?"

고개를 파묻었다. 참았던 눈물이 기어이 터지고 말았다. 말도 안 된다는 걸 알았지만 시간을 돌리고 싶었다. 아니, 시간이 빨리 가서 이 위기를 벗어나면 좋겠다는 생각이 간절했다.

'딩동댕동!'

다시 한번 종이 울렸다.

'띠리리링!'

갑자기 알람이 요란하게 울려댔다.

"우림아, 빨리 일어나. 학교 갈 시간 다 됐어. 엄마 출근해야 해."

"어, 엄마? 내가 잘못 들었나?"

엄마 목소리에 울음을 멈추고 고개를 들었다.

"어라? 내가 왜 방에 있는 거지?"

퍼뜩 정신이 들었다.

"뭐가 어떻게 된 거지? 화장실에 있었는데……. 꿈이었나?"

순간 한 가지 생각이 머릿속을 가득 메웠다.

"설마? 아니야. 그럴 리 없어."

말도 안 되는 생각을 떨치려고 고개를 절레절레 흔들었다. 하지만 근거 없던 생각은 어느새 확신으로 변해 가고 있었다.

"하지만 정말로 시간여행을 하는 거라면?"

얼른 욕실로 가서 거울 앞에 섰다. 그러고는 손에 물을 묻혀 거울을 쓱쓱 닦아 냈다. 거울에 얼굴을 바짝 대고 이리저리 살폈다. 미래로 시간여행을 한 거라면 얼굴에 변화가 있을 것만 같았다. 하지만 내 모습은 그대로였다.

"정말 꿈을 꾼 걸까? 그럼 유미와 아무 일도 없었던 걸까?"

기억이 너무나 생생해서 꿈인지 사실인지 분간할 수 없었다. 하지만 꿈이라고 생각하니 마음이 한결 편해졌다.

"앗! 할아버지!"

꿈이라서 다행이라고 생각한 것도 잠시, 새로운 고민이 떠올랐다.

"꿈을 꾼 거라면 타임조커를 훔친 다음 날이라는 거잖아!"

소중한 물건을 누군가 훔쳐 갔다는 것을 할아버지가 알게 되면 무척 화를 낼 것이다. 더군다나 그 범인이 오랫동안 간직한 비밀을 털어놓은 손자라면 더욱 실망할 게 뻔했다.

"내가 왜 그랬지? 어휴."

괜한 짓을 벌인 것 같아서 한숨이 절로 나왔다. 할아버지 얼굴을 어떻게 봐야 할지 걱정이 이만저만이 아니었다.

"일단 부딪쳐 볼 수밖에 없어. 할아버지가 눈치채셨으면 죄송하다고 말하고 돌려드리면 되지 뭐."

나는 분위기를 살피러 할아버지 방으로 갔다.

"할아버지! 할아버지!"

방문 앞에서 여러 번을 불렀지만, 대답이 없었다. 방문을 열었더니 할아버지는 방 안을 서성이고 있었다.

'혹시 타임조커가 사라진 걸 알고 계신 걸까?'

조심스레 할아버지에게 말을 걸었다.

"저기, 할아버지."

"음? 우림이 일어났니?"

할아버지는 조급해 보였지만 나를 대하는 목소리는 늘 그렇듯 다정했다. 그래서 더 미안한 마음이 들었다.

"뭐 하시나 궁금해서요."

"글쎄다, 내가 뭘 하고 있었지? 뭘 찾고 있었는데, 그게 뭐였더라?"

할아버지가 고개를 갸웃거리며 말을 이었다.

"아! 생각났다. 그거였어!"

할아버지의 말을 듣자, 가슴이 철렁 내려앉았다.

나는 솔직히 말씀드려야겠다고 생각했다. 타임조커를 돌려주려고 마음먹었지만, 할아버지가 한 말 때문에 곧 생각을 바꾸었다.

"그게 사라졌어. 그래서 찾고 있었는데, 그게 뭔지 왜 생각이 안 나지? 뭘 찾고 있었더라?"

할아버지는 안절부절못했다. 서랍을 열었다가 닫더니 책 한 권을 펼쳐서 책장 사이를 일일이 살펴보았다.

"그게 뭐더라? 왜 아무런 기억이 안 나지?"

할아버지를 볼 용기가 나지 않았다. 솔직하게 말씀하면 어떤 반응을 보일지 몰라서 겁이 났다.

7
기억 상실

"아버님, 식사하세요. 우림아, 밥 먹어!"

다시 한번 구원의 목소리가 들렸다. 난처한 상황을 벗어날 수 있는 좋은 기회였다.

"하, 할아버지. 엄마가 식사하시래요."

"나중에 먹으마. 먼저 먹어라. 넌 학교 가야 하잖아."

"네, 할아버지. 잘 찾아보세요. 어딘가에 있겠죠."

나는 모르는 척 시치미를 떼고는 할아버지 방을 나왔다. 밥을 먹는 내내 머릿속이 복잡했다.

'일부러 그러시는 거 아니야?'

내가 타임조커를 가져간 것을 알고 나에게 경고하는 건가, 하는 생각이 들었다. 아니면 내가 난처하지 않게 배려하는 걸 수도 있었다.

'어떡하지? 오늘 밤에 제자리에 가져다 놓을까?'

몰래 가져올 때처럼 다시 몰래 가져다 놓으면 아무 일 없을 것 같았다.

"우림아, 밥맛이 없니?"

출근을 서두르던 엄마가 밥알을 깨작거리는 나에게 말했다.

"배 안 고파요. 그만 먹을래요."

머릿속이 고민으로 가득 차 있으니, 밥맛이 있을 리 없었다.

"우림아, 밥 다 먹고 가. 시험 잘 보려면 속이 든든해야 해."

엄마의 말에 화들짝 놀랐다. 내 기억에 시험은 일주일 뒤다.

"시험이요? 시험은 다음 주에 보는데요."

"그랬나? 어머, 내 정신 좀 봐. 내가 요새 깜빡깜빡한다니까?"

나와 할아버지, 엄마까지 온 가족이 기억을 잃어 가고 있는 것 같았다.

쫓기듯 집을 나와 학교로 향했다. 학교에 갈 때는 내비게이션을 사용할 필요가 없다. 아이들 뒤를 따라가면 되기 때문이다. 이른 아침, 거리를 오가는 사람들은 각자의 자리를 향해 나아간다. 학교로 발걸음을 재촉하는 아이들 틈에 묻혀서 나도 내 자리를 찾으러 간다. 같은 방향으로 향하는 무리에 끼면 안심이 된다. 정해진 자리, 올바른 방향으로 가고 있다는 뜻이니까. 아무런 지시나 주변의 도움 없이 혼자서 가야 한다면 끔찍한 일이

될 것이다.

유미와 다툰 일이 꿈인지 현실인지 알 수 없으니, 신경이 곤두서고 불안했다. 확실하게 아는 방법은 하나뿐이었다.

"유미한테 말을 걸어 보면 알게 되겠지."

나를 대하는 유미의 태도를 보면 꿈인지 현실인지 분명해질 것이다.

교실이 가까워지면서 아이들의 재잘대는 소리가 들렸다.

"시험공부 하나도 못 했어. 어쩌면 좋아."

"진짜? 나도!"

엄마도, 아이들도 왜 자꾸 시험 이야기를 꺼내는지 이해가 되지 않았다. 아직 일주일이나 남았는데…….

나는 심호흡을 크게 하고 교실로 들어갔다. 모두 아무렇지 않아 보였다. 나 혼자 동떨어진 것 같았다. 유미 자리로 향하는 발걸음은 처음과 다르게 주눅이 들었다.

"으흠."

호흡을 가다듬고 헛기침으로 주의를 끌었다.

"오유미, 너 연기 잘하더라? 어제 길에서 만났을 때, 왜 모르는 척한 거냐?"

의기소침한 모습을 감추려고 일부러 큰 소리로 말했다. 유미가 나를 빤히 쳐다보았다. 그러고는 벌떡 일어나더니 나를 노려

봤다.

"너 자꾸 나한테 왜 그러는 건데?"

"자꾸 왜 그러냐고?"

"지난주에도 똑같은 말로 시비 걸었잖아!"

유미의 대답은 충격적이었다.

'지난주라고? 도대체 뭐가 어떻게 된 거지?'

주위가 고요해지면서 아이들의 시선이 나에게 꽂혔다.

"내가 지난주에도 그랬단 말이야?"

"그래. 그러니까 말 시키지 마. 너랑 할 말 없으니까!"

유미가 고개를 획 돌렸다.

냉랭한 유미의 반응을 보니 한 가지는 분명했다. 나는 꿈을 꾼게 아니라 시간여행을 한 것이다.

"꾸, 꿈이 아니었어……. 할아버지의 얘기가 진짜였어!"

나도 모르게 웅얼거렸다.

'시간여행을 한 거야. 그래서 기억을 잃어버린 거야!'

유미의 말로 미루어 보건대, 그 사건이 있고 나서 일주일이 지났다는 것을 알 수 있었다. 그리고 나는 일주일 동안의 기억을 잃었다.

'잠깐만, 그럼 할아버지는 어떻게 된 거지? 할아버지는 내가 타임조커를 숨긴 걸 모르시는 건가? 나처럼 그동안의 일을 기억

하지 못하시는 거야?'

아침에 할아버지의 행동을 보면 나처럼 기억이 송두리째 사라진 게 틀림없었다. 시간여행이 꼭 좋은 것만은 아니었다. 무슨 일이 벌어질지 예측할 수 없으니까.

'드르륵.'

문 여는 소리와 함께 한 손 가득 시험지를 들고 선생님이 교실로 들어왔다.

'이런, 오늘이 진짜 시험이잖아! 엄마 말이 맞았어!'

당혹감이 몰려왔다.

"큰일 났네. 하나도 기억 안 나는데!"

"나도 그래."

혼자 중얼거리는 말을 짝꿍이 들었는지 한마디 거들었다.

"다들 시험공부 많이 했지?"

선생님의 질문에 아이들은 한숨 섞인 탄성을 내뱉으며 소란을 피웠다.

"아니요!"

다 거짓말이다. 진짜 시험공부를 못 한 사람은 아무 말도 못한다.

"그럼 시험 잘 보고. 커닝하기 없다."

선생님이 신신당부했다.

시험이 시작되자 아이들은 파도타기를 하듯이 차례로 고개를 숙였다.

'아무리 봐도 모르겠어. 문제가 이해되지 않는데 어떻게 답을 쓰겠어.'

1번 문제를 반복해서 읽었다. 밑줄을 긋고 동그라미를 치며 읽어도 무슨 말인지 이해되지 않았다.

'타임조커를 할아버지에게 돌려드려야 해. 제자리에 가져다 놓으면 모든 게 원래대로 돌아올 거야. 그럼 사라진 기억도 돌아올까?'

이런저런 생각이 머릿속을 가득 채웠다.

'선생님은 왜 자꾸 내 옆을 왔다 갔다 하는 거지?'

아이들은 거침없이 문제를 풀었다. 나 혼자만 길을 잃고 헤매고 있는 것 같았다.

'이럴 때 내비게이션이 답을 알려 주면 얼마나 좋을까?'

아이들은 문제를 잘 풀고 있는지 궁금해서 나도 모르게 고개를 쭉 빼고 주위를 갸웃거렸다. 시간이 빨리 지나기를 고대하면서……

그때, 나를 뚫어져라 바라보고 있는 유미와 눈이 마주쳤다. 놀라서 흠칫하는 순간, 선생님 목소리가 들렸다.

"오유미, 너 뭐 하는 거니?"

오유미를 부르는 건지, '우림이'라고 나를 부르는 건지 헷갈렸다.

'우이미, 너 뭐 하는 거니?'

귀에서 맴돌던 선생님 목소리가 엄마 목소리와 겹친 것은 그 순간이었다.

"우림이, 너 뭐 하냐고!"

불현듯 타임조커가 생각났다. 그리고 내가 시간여행을 하고 있다는 사실을 뒤늦게 깨달았다.

"너, 뭐 하는 거니? 아까부터 무슨 생각을 하는 거야?"

"네?"

엄마가 고기를 집은 집게와 가위를 양손에 쥐고 근심 어린 표정으로 나를 바라봤다.

"우림아, 고기 탄다. 빨리 먹어."

아빠가 노릇노릇 구워진 삼겹살을 밥그릇에 올리며 말했다. 지글지글 고기 굽는 소리와 맛있는 냄새가 코를 자극했다. 주위를 둘러보니 우리 집이었다.

'이건 또 어떻게 된 일이지? 시간이 얼마나 지난 거야?'

온 가족이 식탁에 둘러앉아 있었다.

"아들! 많이 먹어. 그동안 공부하느라 힘들었지?"

아빠가 내 등을 토닥였다.

"네? 뭘요……."

아빠가 무슨 말을 하는지 모르지만 일단 멋쩍게 웃으며 대답했다.

"네 성적이 쑤욱 올랐다고 엄마 아빠가 저렇게 좋아하는 것봐라. 그러게, 진작 공부 좀 하지 그랬냐."

할아버지가 한마디 거들었다.

"시…… 시험 성적이 나왔다고요?"

성적이 나왔다는 건 시험을 치르고도 시간이 많이 지났다는 뜻이다. 하지만 시험 날에 어떤 일이 있었는지 전혀 생각나지 않았다. 기억이 송두리째 사라져 버린 것이다.

"얘는 갑자기 무슨 뚱딴지같은 소리야?"

엄마가 성적표를 활짝 펼쳐 보였다. 나는 성적표를 보며 눈을 비비고, 크게 뜨기를 반복했다. 믿기지 않았다.

"학원 며칠 다녔다고 안 오르던 성적이 부쩍 오르는 걸 보니 소문대로 족집게 선생님인가 보네."

엄마의 말에 깜짝 놀라서 되물었다.

"하, 학원이요? 내가 학원에 다닌다고요?"

할아버지와 아빠 엄마는 어이없다는 표정으로 나를 바라보았다.

8
일방통행

"세상에 이런 법이 어디 있어? 왜 미래로만 일방통행이냐고!"

저녁을 먹고 방에 틀어박혀서 지금 벌어지고 있는 이상한 일에 대해서 생각해 보았다. 목적지를 마음대로 정하지도 못하는, 기억이 사라지는 시간여행은 악몽이었다.

"이건 내가 생각했던 시간여행이 아니야."

기억을 잃은 시간여행자는 생각처럼 낭만적이지 않았다. 시간을 건너뛰는 일을 멈추고 싶었다. 더 늦기 전에 타임조커를 제자리에 돌려놓고 시간여행을 멈춰야 했다. 하지만 그런다고 해서 문제가 해결될 것 같지는 않았다. 유미와의 일도 신경이 쓰였고, 할아버지도 마음에 걸렸다. 집안 분위기를 보니 내가 기억을 잃은 사이에 할아버지가 사라진 일은 없었던 것 같았다.

"집안이 평화로워졌으니 오히려 잘된 일인지도 몰라."

가정의 화목을 위해서 내가 타임조커를 가지고 있는 게 나을지도 몰랐다. 타임조커를 없애면 시간여행을 멈출 수 있을 거라는 생각이 들었지만, 나에게는 타임조커를 없앨 자격이 없었다. 타임조커의 주인은 내가 아니니까.

"시간여행을 조정하는 방법을 알면 시간을 과거로 되돌릴 수 있지 않을까?"

생각이 꼬리에 꼬리를 물고 이어졌다. 무엇보다 중요한 건 내가 원래의 시간으로 돌아가는 거였다.

"그래, 솔직하게 말씀드리면 이해하실 거야. 할아버지가 시간을 되돌릴 방법을 알려 주실지도 몰라."

할아버지에게 모든 사실을 털어놓기로 했다.

"할아버지, 주무세요? 저 들어가도 돼요?"

"오냐, 들어오너라."

방문을 조심스럽게 열었다.

"아직 안 자고 웬일이냐?"

할아버지는 앉은뱅이책상에 스탠드를 켜 놓고 책을 읽고 있었다.

"할아버지, 잃어버린 물건은 찾으셨어요?"

다짜고짜 타임조커를 건넬 수가 없어서 어제 아침 일을 물어봤다. 아니, 나에게는 어제 일이지만 할아버지에게는 한 달 전의 일일 것이다.

아직도 믿기지 않지만, 할아버지 방에 걸려 있는 큼지막한 일력 날짜는 시험일에서도 한 달이나 지나 있었다.

"잃어버린 물건?"

할아버지가 되물었다.

"네. 뭘 잃어버렸다고 하셨잖아요."

"그래? 내가 뭘 잃어버렸나?"

'설마 타임조커가 없어진 걸 모르시는 거야?'

할아버지는 그날의 일을 전혀 기억하지 못하는 것 같았다.

"기억 안 나세요?"

"글쎄다."

할아버지는 도통 기억나지 않는 모양이었다.

"할아버지, 죄송해요. 이거 돌려드릴게요."

나는 타임조커를 불쑥 내밀었다.

"실은 제가 가지고 있었어요."

할아버지는 처음 보는 물건인 듯 타임조커를 이리저리 살폈다. 그리고 나에게 되물었다.

"이게 뭐냐? 내가 이걸 찾았다고?"

문제가 복잡해질 것 같은 예감이 들었다. 할아버지의 기억 속에서 타임조커가 완전히 사라진 것이다.

"아니에요, 할아버지. 이게 아닌 것 같아요."

나는 타임조커를 돌려받아 주머니에 찔러 넣었다. 이제는 누구도 나를 도와줄 수 없다는 사실을 깨달았다.

'할아버지는 이제 시간여행을 하실 수 없겠지?'

나 때문에 할아버지가 다시는 옛 친구들을 만날 수 없다는 생각이 들어 조금은 죄송한 마음이 들었다.

"할아버지, 그럼 안녕히 주무세요."

"뚱딴지같은 녀석."

방을 나서려는데 할아버지가 나를 불러 세웠다.

"참! 우림아. 토요일에 우리 둘이서 전쟁기념관에 가기로 한 약속 잊지 않았지?"

"네? 전쟁기념관이요?"

당연히 생각나지 않았다. 약속한 기억이 없으니까. 하지만 할아버지의 말이 맞을 거다. 나는 할아버지가 말했던 기억 상실이라는 후유증을 겪고 있는 상태인지도 모르니까.

"알아요, 할아버지. 안 잊었어요."

솔직히 왜 그런 약속을 했는지 알다가도 모를 일이었다. 예전에 전쟁기념관 견학을 간 적이 있는데, 그다지 흥미로운 곳은 아니었다. 다리가 불편한 할아버지와 길치인 내가 넓은 전시장을 느릿느릿 다녀야 하는 것은 생각만 해도 끔찍했다.

"어떡하지? 설마 시간여행에 중독된 걸까?"

할아버지는 시간여행을 하면 시간을 건너뛰어 기억을 잃게 되고, 시간여행에 중독되면 결국 자신을 잃게 된다고 했다. 이제는 그 뜻을 알 것 같았다. 더 이상 시간여행을 하지 않도록 주의해야겠다고 생각했지만, 그게 가능할지 의심스러웠다.

순간 아이디어가 번뜩 떠올랐다.

"타임조커를 몸에 지니고 있지 않으면 시간여행을 하지 않을 수도 있어!"

타임조커를 보관하기에 적당한 곳을 생각해 보았다.

"어디가 좋을까? 아, 그렇지!"

나에게는 어릴 때부터 한 장, 두 장 틈틈이 모은 캐릭터 카드가 600장이나 있다. 캐릭터 카드를 종류별로 분류해서 담아 놓은 여러 개의 상자 중 하나를 골라서 타임조커를 넣었다. 캐릭터 카드 사이에 타임조커를 끼워 놓으니, 너무 잘 어울려서 타임조커가 원래 있어야 할 자리인 것 같았다.

"내일은 아무 일도 일어나지 않으면 좋겠다."

시간을 건너뛰는 일이 없기를 간절히 바라며 잠이 들었다.

아침에 눈을 떴을 때, 꿈속인지 현실인지 헷갈렸다. 다른 세계에 있는 나를 보았기 때문이다. 너무나 생생해서 현실이라고 믿었는데 눈을 뜬 것이다. 무슨 꿈이었는지 기억하려고 했지만, 아무런 생각도 나지 않았다. 꿈과 기억과 현실이 뒤죽박죽됐다. 잠들기 전에 빌었던 간절한 바람도 소용없었다. 또 시간여행을 한 것 같았다.

학교로 향하는 내내 마음이 무거웠다. 그동안은 매일 똑같은 아니, 똑같지는 않더라도 거의 비슷한 하루가 반복됐다. 하지만 시간여행을 하게 된 뒤로는 완전히 달라졌다. 앞일이 어떻게 될지 모르니 매 순간 불안했다.

내비게이션을 켰다. 내비게이션의 지시를 따르면 적어도 길을 잃어버리는 일은 생기지 않는다. 옳은 방향으로 가고 있다는 것을 알려 주니까.

"야! 오유미."

누군가 유미를 부르는 것 같았다. 자꾸 오유미라는 이름이 귀에 거슬렸다. 큰 잘못을 한 것도 아닌데 그날의 사건 이후, 유미 이름만 들어도 의기소침해졌다.

"야! 우리미."

'나를 부르는 건지, '오유미'를 부르는 건지 헷갈렸다.

'설마 귀까지 이상해진 건 아니겠지?'

목소리가 꽤 가까이서 들리자 그제야 내 이름을 부르는 것을 알았다.

"야, 임우림!"

걸음을 멈추고 고개를 돌려 옆을 바라보니 유미가 서 있었다.

"아까부터 불렀는데 대답도 안 하고 막 가더라."

"아, 유미구나. 미안……. 날 부르는지 몰랐어."

나는 주눅 든 목소리로 대답했다.

"너, 괜찮아?"

유미가 근심 어린 표정으로 물었다. 냉랭하기만 하던 유미가 친근하게 대하는 게 낯설었다.

'그사이 우리에게 또 무슨 일이 있었나?'

"아니, 그냥."

기억나지 않으니, 눈치를 살필 수밖에 없었다.

"또 내비게이션을 켰네."

유미는 내 손에 든 스마트폰을 보고 말했다.

"나도 모르게……."

나는 내비게이션을 껐다.

'우리가 친한 사이였던가?'

유미와 나는 나란히 걸었다. 목적지가 같은 사람과 함께 있으면 내비게이션은 필요 없었다. 하지만 침묵 속을 걷는 게 무척 신경 쓰였다. 아무 말이라도 하고 싶었지만, 할 말이 떠오르지 않았다. 사실, 나는 아무런 말도 할 수가 없었다. 우리 둘이 어떤 얘기를 나누었는지 모르니까. 유미가 먼저 입을 열었다.

"그때 왜 날 쳐다보고 있었던 거야?"

"뭐? 언제?"

나는 화들짝 놀라서 되물었다.

"시험 볼 때 말이야. 왜 날 쳐다보고 있었냐고."

유미의 말에 당황한 나머지 나는 말까지 더듬었다.

"그, 그런 걸 왜 묻는 거야?"

얼굴이 화끈거렸다. 나도 모르게 변명처럼 둘러댔다.

"그, 그런데 너도 나 봤잖아."

"그러네. 우리 둘이 눈 마주쳤다는 건 서로 쳐다봤다는 거네. 그렇지?"

유미가 얼굴을 바싹 들이밀며 말했다. 나는 눈을 질끈 감았다. 너무 부끄러워서 이 순간을 벗어나고 싶은 마음뿐이었다.

9

생일 파티

"여긴 어디지?"

주위를 둘러보았다. 꽤 익숙한 곳이었다. 나는 학원 버스에 앉아 있었다.

"또 시간여행을 한 건가?"

이제는 시간여행에 제법 익숙해졌다. 피하고 싶은 순간은 건너뛰고 그사이의 기억을 잃어버린다. 이런 시간여행이라면 인생이 조금 쉬울 수도 있겠다.

학원 수업이 끝나는 밤이 되면 번화가의 휘황찬란한 조명과 거리의 가로등이 어둠을 비춘다. 노란 승합차에 오르는 아이들은 기계적으로 움직였다. 자신의 의지와 상관없이 주문자의 선택에 따라 옮겨지는 택배 상자 같았다. 피로 가득한 얼굴에서는 감정을 읽을 수 없었다. 나도 마찬가지였다.

나는 초등학교 때부터 줄곧 학원에 다녔다. 수준에 맞지 않는 선행 학습을 해야만 했다. 학교 수업은 늘 뒷전이었다. 이미 풀었던 문제, 이미 들었던 수업에 집중할 필요를 못 느꼈다. 조금이라도 성적이 떨어지면 새로운 학원으로 옮겨야 했다.

"너 무슨 생각을 하느라 그렇게 멍하니?"

누군가 턱을 괴고 있는 팔을 툭 쳤다. 또, 유미였다.

"아, 유미구나!

오랜만에 보는 것 같아서 반가웠다. 엄마한테 친구와 같은 학원 다니는 게 불편하다고 말했는데도 유미와 같은 곳에 다니는 모양이었다. 어떻게 된 일인지 엄마에게 묻고 싶었지만, 이상하게 생각할 게 뻔했다.

"토요일에 우리 집 올 거지?"

유미의 질문이 갑작스러워서 화들짝 놀랐다.

"뭐라고?"

"내 생일 파티에 초대했잖아."

'생일 파티라고? 어째서 기억이 사라질 때마다 약속을 하는 거지?'

그나저나 어째서 유미와 가까워진 건지 알 수가 없었다. 궁금했지만 어떻게 물어야 할지 고민스러웠다.

"유미야, 그런데 말이야."

나는 궁금증을 참지 못하고 운을 뗐다.

"아무리 생각해도 신기한 거 같아. 우리가 친해진 거 말이야. 어떻게 우리가 가까워진 건지 생각할수록……."

"네가 나 좋아한다고 했잖아."

유미의 말에 정신이 번쩍 들었다.

"진짜?"

'내가 유미를 좋아한다고 고백했다고? 왜?'

얼굴이 새빨갛게 달아오르는 게 느껴졌다.

"아! 아, 알아……. 내가 먼저 말했지."

생각나지 않았지만 그런 적이 없다고 잡아뗄 수 없었다. 그래서 시치미를 뗐다.

"네가 먼저 사귀자고 했고, 그래서 우리 사귀기로 했잖아."

"뭐라고? 우리가 사귄다고?"

연이은 충격이 머릿속을 뒤죽박죽으로 만들었다.

"기억하고 싶지 않은 거야?"

유미가 새초롬한 표정을 지으며 물었다.

"아, 아니. 그런 게 아니라……."

'내가 유미랑 사귄다고? 내가? 세상에!'

머리가 지끈거렸다. 유미한테 뺨을 맞았을 때보다 얼굴이 더 화끈거렸다.

'오유미! 나한테 왜 자꾸 그러는 건데?'

결코 꺼내지 못할 말만 입에서 맴돌았다. 도저히 믿기지 않았다. 나는 아직 유미에 대해서 잘 알지도 못한다.

'유미의 어떤 점이 좋았던 걸까? 유미는 또 내 어떤 점이 마음에 들었던 걸까? 나는 대체 무얼 하고 다니는 거야?'

기억이 사라진 동안 평소의 나답지 않은 선택을 했다. 마치 내 안에 또 다른 내가 있는 것 같았다. 진짜 나는 어떤 사람인지 궁금했다.

"뭐야? 너, 왜 웃는 거야?"

유미가 물었다.

생각할수록 하도 어이없어서 나도 모르게 실소가 새어 나온 모양이다.

"내가 웃었어? 아, 미안."

유미는 입을 오므렸다 펴며 뿌루퉁한 표정을 지었는데, 그 모습이 꽤 귀여웠다.

"우림아, 너랑 똑 닮은 사람이 있으면 어떨 것 같아?"

한번 말문이 터지자, 대화가 자연스레 오갔다.

"닮은 사람이라고? 신기할 것 같은데, 그건 왜 물어?"

유미가 나한테 왜 이런 질문을 하는지 궁금했다.

"우리 집에 나랑 닮은 사람이 하나 더 있거든."

"너 쌍둥이였어?"

"아니, 한 살 위 언니인데 나랑 엄청 닮았어. 보면 아마 깜짝 놀랄 거야."

"그래? 난 형제 있는 애들이 부럽던데."

내 말에 유미는 입을 비쭉거렸다.

"안 겪어 봐서 그래. 얼마나 끔찍한데. 우리 언니 사춘기거든. 넌 형이나 누나 없지?"

"난 할아버지가 있어."

툭 던진 말에 유미가 웃음을 터뜨렸다.

내가 다른 사람을 웃게 하는 재주가 있는지 처음 알았다. 유미는 이런 내 모습이 맘에 든 걸까?

"뚱딴지같아."

"우리 할아버지야말로 뚱딴지같아."

"왜?"

"시간여행자거든."

유미는 놀란 토끼 눈을 하고 물었다.

"시간여행자라고?"

내 말을 믿지 못하겠다는 눈치였다.

"에이, 말도 안 돼. 거짓말이지?"

"그래. 농담이야. 으악!"

나도 모르게 비명을 내질렀다. 유미의 팔꿈치가 내 갈비뼈를 강타했다.

학교생활이 즐거울 수 있다는 것을 처음 알았다. 성적이 올라서인지 아니면 유미 때문인지는 모르겠다.

유미 생일이 다가올수록 마음이 들뜨기 시작했다. 하지만 할아버지와 전쟁기념관에 가기로 한 약속이 마음에 걸렸다.

"할아버지 머릿속에서 약속이 지워졌으면 좋겠어. 전쟁기념관은 언제든지 갈 수 있지만 유미의 열네 번째 생일은 한 번뿐이니까."

토요일 아침이 되자 나는 결정을 내렸다.

"할아버지도 이해해 주실 거야."

할아버지와의 약속은 멀찌감치 밀어 둔 채 서둘러 집을 나섰다.

유미네 집 초인종을 누르자 유미가 문을 열고 나왔다.

"유미야, 안녕!"

반갑게 인사를 건네자, 유미가 대답했다.

"너, 유미 친구냐?"

또다시 머리가 지끈거렸다. 유미는 나를 골탕 먹이는 데 재미를 붙인 것 같았다.

"오유미! 지금 장난하는 거지?"

"중1 주제에 어디서 반말이니?"

당황해서 머뭇거리는 사이 또 다른 유미가 모습을 드러냈다.

"우림아!"

나는 넋이 나가 입을 다물지 못했다. 내 앞에 두 명의 유미가 서 있었다.

"인사해. 우리 언니야, 혜미 언니. 내가 말했잖아. 나랑 엄청 닮았다고."

"맞다! 그 누나."

"어린 것들이 발랑 까져서, 벌써 연애질이나 하고 말이야."

혜미 누나가 눈을 흘기며 말했다.

자매는 분간이 가지 않을 정도로 많이 닮았다. 꼭 쌍둥이 같았다. 그러니 헷갈릴 수밖에!

비밀스러운 사건의 내막이 어이없이 드러났다. 그날, 길에서 본 유미는 진짜로 유미가 아니었다. 유미가 모르는 척한 게 아니라 진짜 나를 만나지 않았던 거다. 혜미 누나도 그 일을 기억하고 있었다.

"아, 기억난다. 그때 치근덕거리던 얼간이가 바로 너였구나!"

혜미 누나는 종일 나를 얼간이라고 불렀다. 그제야 유미가 왜 언니를 끔찍하다고 했는지 알 것 같았다. 하지만 누나에게 놀림을 받아도 이상하게 웃음이 멈추지 않았다.

10
시간을 여행하는 방법

"유미야, 있잖아. 시간여행에 대해서 어떻게 생각해?"

그동안 겪은 일들을 다 털어놓고 싶었지만, 유미가 어떻게 생각할지 몰라서 슬쩍 떠봤다.

"시간여행?"

"만약에 말이야. 시간여행이 정말로 가능하다면……."

"물론이지. 얼마든지 가능해."

옆에서 듣고 있던 혜미 누나가 끼어들었다.

"혜미 누나, 그게 정말이야?"

나와 유미는 눈을 동그랗게 뜨고 혜미 누나를 뚫어져라 쳐다보았다.

혜미 누나가 서둘러 대답했다.

"이론상으론 그렇다는 얘기야."

김빠지는 소리였지만 이론상 가능하다면 언젠가는 실현될 수도 있는 거 아닌가? 어쩌면 시간여행의 실마리를 풀 수 있을지도 모른다는 생각이 들었다.

"누나, 뭔가 알고 있는 거야?"

"아인슈타인의 상대성 이론에 따르면……."

혜미 누나는 말을 멈추더니 의혹에 찬 눈길로 나를 봤다.

"너, 상대성 이론이 뭔지는 아니?"

"에헴, 나도 그 정도 상식은 있거든."

"그것도 모른다고 했으면 정말 실망했을 거야. 진짜 얼간이인 거지!"

누가 자매 아니랄까 봐 둘 다 어디로 튈지 정말 모르겠다.

"관찰자 위치에 따라서 시간이 상대적으로 흘러간다는 것이 상대성 이론이야."

혜미 누나는 갑자기 말문이 터진 사람처럼 쉴 새 없이 말을 쏟았다.

"빠르게 움직이면 움직일수록 시간은 느리게 흘러간대. 그러니까 빛의 속도에 가까워질수록 시간이 점점 더 느리게 가는 것처럼 느껴지는 거지."

"언니, 잠깐. 지금 시간여행에 관해 얘기하는 거라고. 도대체 시간여행하고 빛의 속도가 무슨 상관인데?"

유미가 말을 끊자, 혜미 누나가 한심하다는 눈빛으로 나와 유미를 쳐다보았다.

"잘 들어. 만약에 빛의 속도로 이동할 수만 있다면 시간이 느려지겠지. 빛의 속도가 시간보다 빠르니까. 그럼 빛보다 빨리 이동하면 어떻게 될까? 시간이 과거로 돌아가지 않을까?"

혜미 누나는 마치 과학 선생님인 양 말을 이어 나갔다.

"빛의 속도를 뛰어넘으면 과거로 돌아가는 것도 가능할 거야. 예를 들어, 빛보다 빠르게 움직일 수 있는 우주선을 타고 우주여행을 한 뒤 지구로 돌아온다고 해 보자. 그럼 미래의 지구로 돌아오게 되는 거지."

혜미 누나가 전과 다르게 보였다.

"안타깝게도 아직 빛의 속도로 이동하는 것은 불가능해. 타키온이 존재하지 않거든."

혜미 누나는 의기양양한 표정을 지으며 곁눈질로 나를 살폈다. 내가 궁금해하길 바라는 눈치였다.

"타키온? 그건 또 뭔데?"

혜미 누나는 기다렸다는 듯 대답했다.

"타키온은 빛의 속도를 뛰어넘는 가상의 물질이야."

혹시 타임조커가 타키온으로 만들어진 걸까? 타임조커가 빛보다 빠르게 움직여서 시간여행을 자각하지 못한 걸까?

"타키온도 역시 가상일 뿐이고, 현대 과학 이론도 빛의 속도를 뛰어넘는 것은 불가능하다고 해."

"뭐가 그렇게 복잡해? 어쨌든 불가능하다는 얘기잖아."

나는 기운이 쫙 빠졌다.

'참 나! 기대했던 내가 잘못이지…….'

"웜홀이라는 것도 있어."

"그건 또 뭐야?"

"최근 물리학계에서 주목받고 있는 이슈인데, 공간이 찢어지면서 멀리 떨어진 두 공간에 일종의 터널이 생기는 현상이야."

"그래? 그게 시간여행을 가능하게 만들어 준다고?"

"웜홀이 존재할 가능성은 있지만 너무 불안정해서 아주 찰나의 순간에만 존재할 것으로 여겨진대. 하지만 물리학적으로 어긋나는 현상은 아니래."

"언니, 생각보다 똑똑하네?"

유미가 경외감 어린 눈길로 바라보자 혜미 누나는 기다렸다는 듯 호기를 부렸다.

"너, 내가 누군지 잊었니? 나 오혜미라고!"

그 뒤로도 혜미 누나의 현대물리학 수업이 한 시간 가까이 이어졌다.

유미와 혜미 누나 덕분에 신나는 하루를 보냈다. 갑자기 기억이 사라지는 일도 없었다. 시간여행이 멈춘 건 타임조커를 몸에 지니고 있지 않아서인 것 같았다. 타임조커 덕분인지 모르겠지만 성적도 오르고, 여자 친구도 생겼으니 잘된 걸까? 앓던 이가 빠진 것처럼 고민이 해결된 것 같아서 개운했다. 기억을 잃는 대신 이렇게 좋은 일만 생긴다면 시간여행이 꼭 나쁘지만은 않은 것 같았다.

하지만 최고의 하루는 최악의 하루를 맞이하기 위한 서막에 불과했다.

저녁때가 다 되어 돌아오니 집안 분위기가 회색빛으로 얼룩져 있었다.

"엄마, 왜 그래? 무슨 일 있어?"

"할아버지가 아직 안 들어오셨어. 전화도 안 받으시고……."
엄마가 걱정 가득한 목소리로 말했다.

'할아버지의 시간여행이 다시 시작된 걸까? 멈춘 줄 알았는데…….'

밤이 깊을수록 더욱 불길해졌다. 할아버지를 찾으러 나간 아빠는 돌아오지 않았고, 엄마는 점점 더 안절부절못했다. 불행이 다시 집안에 발을 들여놓은 것이다.

"오늘 할아버지와 전쟁기념관에 가야 했어. 그랬으면 이런 일이 생기지 않았을 거야."

모든 게 나 때문인 것만 같았다. 나 자신이 원망스러웠다. 엄마 아빠에게 사실대로 말할 수 없으니 혼자 끙끙 앓아야 했다.

"우림아, 아무래도 경찰서에 가 봐야 할 것 같아. 아빠 만나서 같이 올게."

아빠와 통화를 하던 엄마는 전화를 끊고 황급히 나갔다. 할아버지의 방 안을 서성이며 오래된 물건들을 살펴보고 있는데 덜컥 겁이 났다. 다시는 할아버지를 만날 수 없을지도 모른다는 생각이 들었다.

엄마와 아빠는 세 시간 뒤 함께 돌아왔다.

"있잖아, 아버님 치매 증상 아닐까?"

엄마가 조심스럽게 먼저 말을 꺼냈다.

"무슨 소리야! 이런 게 한두 번 있는 일이야? 곧 들어오시겠지."

내가 잠들었다고 생각했는지 언성이 점점 높아졌다.

"이런 일이 한두 번이 아니니까 그렇지."

엄마는 작정이라도 한 듯이 그간 일을 토로했다.

"그것뿐만이 아니야. 전보다 더 깜빡깜빡하시는 것 같고, 종종 이상한 얘기도 하셔. 이런 게 다 치매 초기 증상이래. 그러니까 일단 병원에 가서……."

"뭐라고? 당신 지금 제정신이야?"

"왜 이렇게 큰 소리를 내!"

아빠가 발끈하자, 엄마도 목소리를 높였다.

"정말 몰라서 그래? 한두 번도 아니고 갑자기 집을 나가 사라지시잖아. 병원에 한번 가 보자는 건데, 왜 나를 이상한 사람으로 만드는 거야?"

"들어오시겠지. 늘 그러셨잖아."

아빠는 긴 한숨을 뱉었다.

"정말 너무하네. 집안 살림하랴, 회사 다니랴 바빠서 우림이도 잘 못 챙기고 있는데, 아버님까지 저러시면 도대체 나더러 어쩌라는 거야?"

"알았어, 우림이 들으니까 목소리 낮추고. 오늘은 그만하자. 나중에 얘기해."

"나도 할 만큼 했어. 힘들어 죽겠다고!"

엄마가 그동안 쌓였던 울분을 토해 냈다. 아빠는 아무 말도 하지 않았다.

'나 때문이야.'

할아버지가 사라진 게 내 탓인 것만 같았다. 차라리 시간여행을 하게 두었다면 이런 일이 생기지 않았을 텐데…….

한숨이 쏟아졌다.

"내가 타임조커를 숨겨서 할아버지가 길을 잃어버리신 거야."

그러다 문득, 할아버지가 전쟁기념관에 갔을 거라는 확신이 들었다.

"맞아, 거기야! 타임조커를 돌려드려야 해. 그러면 할아버지는 예전처럼 돌아오실 거야."

내가 저지른 일이니까 내가 해결해야 했다. 그런데 타임조커를 어디에 두었는지 생각나지 않았다.

"어디에 있지? 왜 생각이 안 나는 거지?"

바지 주머니와 겉옷 주머니, 속주머니까지 다 뒤졌지만, 타임조커는 보이지 않았다.

"큰일 났네. 타임조커를 잃어버렸나 봐."

어디에다 두었는지 떠올려 보려 했지만, 아무런 기억이 나지 않았다. 눈앞이 새하얗게 변했다. 온몸에 힘이 빠지고 머릿속이 텅 빈 것 같았다.

"왜 하필 유미 생일이 그날이었던 거야!"

괜스레 유미가 원망스러웠다. 할아버지와 약속을 지키지 않고 유미 생일 파티에 간 게 후회가 됐다. 하지만 소용없는 일이었다. 유미 잘못이 아니다. 핑계를 대고 싶었을 뿐이다. 약속이 겹친 것을 알면서도 할아버지에게 솔직하게 말하지 않은 것은 분명 내 잘못이다. 하지만 솔직히 할아버지와 전쟁기념관에 가고 싶지 않았다.

마음을 다잡고 다시 타임조커를 찾기 시작했다. 책장에 꽂혀 있는 책을 하나하나 펼쳐 보고, 속옷과 양말이 들어 있는 서랍을 뒤졌다. 열쇠로 잠겨 있는 맨 위 책상 서랍을 열었을 때, 캐릭터 카드 상자가 눈에 들어왔다.

"여기에 넣었나?"

카드 상자에 담긴 카드를 모두 꺼내서 펼쳐 놓았다. 그리고 타임조커를 찾기 시작했다. 타임조커는 캐릭터 카드 사이에 끼어 있었다. 내가 꺼내 주기를 오랫동안 기다린 것처럼 말이다.

11

미아 찾기

일요일 아침, 전쟁기념관으로 향했다. 엄마 아빠에게는 유미네 집에 간다고 말하고 집을 나섰다. 엄마 아빠는 할아버지 일로 마음이 복잡해서인지 나에게 신경 쓸 여력이 없는 것 같았다.

내비게이션을 켜고 전쟁기념관을 검색했다. 다행히 가는 길이 복잡하지 않았다. 전에 견학을 가 본 적 있고, 내비게이션 안내를 따라서 가면 되니 별문제 없을 것 같았다. 하지만 이내 두려워졌다. 혼자서는 자신이 없었다. 누군가의 도움이 절실했다. 그때, 유미가 생각났다.

"유미가 도와주면 할아버지를 더 빨리 찾을 수 있을 거야. 그런데 유미가 거절하면 어쩌지?"

걱정 반 기대 반으로 연락했는데 유미가 흔쾌히 허락했다.

"뚱딴지 할아버지를 찾는다고?"

지하철역 앞에서 만난 유미는 발랄한 목소리로 물었다.

"그래. 그러니까 어떻게 된 거냐면……."

그동안 있었던 일을 유미에게 털어놓았다. 유미는 내 이야기를 묵묵히 듣고 있었다. 유미의 눈빛이 반짝이곤 했는데, 그건 내 말에 귀를 기울이고 있다는 뜻이었다.

"꽤 재미있는데! 그럴싸해."

이야기를 마치자, 유미가 손뼉을 치며 목소리를 높였다.

"네 생각을 물어본 게 아니야. 아무한테도 말하지 못한 비밀을 너한테 털어놓은 거라고."

"미안."

유미는 나와 눈이 마주치자 살짝 미소를 지었다.

"너희 할아버지 말이야. 혹시 트라우마에 대한 방어 기제가 시간여행을 한다는 상상으로 나타난 건 아닐까?"

"방어 기제?"

트라우마는 알겠는데 방어 기제가 무슨 뜻인지 몰랐다. 트라우마는 큰 상처라는 뜻으로 과거에 생긴 부정적인 경험을 말한다. 할아버지는 전쟁이라는 커다란 사건을 경험하며 몸과 마음에 지워지지 않는 상처를 입었다. 그러니 한평생 트라우마를 안고 살았을 것이다.

"방어 기제는 자신의 마음을 보호하는 무의식적인 방법이래.

부정적인 감정을 경험할 때, 사람들의 무의식이 마음을 보호하기 위해 다양한 방법을 사용하는 거지. 영화에도 그런 거 있잖아. 나쁜 기억을 잊어버리려고 아예 기억을 지워 버리는 거."

유미는 방어 기제에 대해 자세히 설명했다. 해석은 꽤 그럴듯했지만 한 가지 허점이 있었다.

"네 말이 맞다고 쳐. 그런데 왜 갑자기 나에게도 그런 일이 일어났을까? 나한테 할아버지가 겪은 트라우마 같은 게 있을 리 없잖아."

"글쎄, 너도 할아버지처럼 뚱딴지같아서 그런가?"

고개를 갸우뚱거리며 말하는 유미의 얼굴에 장난스러운 미소가 가득했다.

"에이, 말도 안 돼."

나는 고개를 절레절레 흔들었다.

"우림아, 너무 걱정하지 마. 우리 둘이서 힘을 합치면 할아버지를 찾을 수 있을 거야."

유미의 격려에 힘이 났다. 유미의 말은 내비게이션의 지시보다 더 또렷하고 명확했다.

주말이라 그런지 어딜 가나 사람들이 많았다. 전철 안은 사람들로 붐벼서 움직이기 힘들었다. 우리는 경로석 옆에 겨우 자리를 잡았다. 그러고는 습관적으로 주머니 안을 더듬었다.

"어? 어디 갔지?"

분명히 있어야 하는데, 손에 잡히지 않았다. 순간 머릿속이 멍해졌다.

"유미야, 큰일 났어. 스마트폰을 잃어버린 것 같아."

"뭐라고? 언제?"

"나도 몰라. 생각이 안 나."

"일단 너한테 전화해 볼게. 혹시 누가 주웠을 수 있잖아."

두 번이나 전화했지만 스마트폰 전원이 꺼져 있다는 음성 안내만 나올 뿐이었다.

"혹시 충전 안 한 거야?"

"아마도."

복잡한 서울 시내를 혼자서 돌아다녔으면 어땠을까? 상상만으로도 아찔했다. 온갖 예측할 수 없는 위험이 도사리고 있기 때문이다. 전철을 탄 지 얼마 되지 않아서 스마트폰을 잃어버리는 얼토당토않은 일도 그런 위험 중 하나이다.

"먼저 분실 신고부터 하고 할아버지 찾으러 가자."

"그래, 알았어."

어느새 새로운 내비게이션의 안내를 따르고 있었다. 유미는 나의 인간 내비게이션이었다.

전쟁기념관은 입구부터 웅장했다.

"사람들이 이렇게 많은데 어떻게 너희 할아버지를 찾지?"

"일단 한번 둘러보자."

야외에는 헬기와 탱크가 전시돼 있었고, 입구 양옆에 참전 군
인들의 이름이 새겨진 거대한 벽이 서 있었다.

"전쟁에 나간 사람이 이렇게나 많은지 몰랐어."

"나도. 전에 왔을 때는 왜 몰랐을까?"

수없이 많은 젊은이가 자유와 평화를 위해 전쟁터에서 희생
됐다는 사실에 숙연해졌다. 벽에 새겨진 이름들을 하나씩 보며
걷던 중에 유미가 물었다.

"우림아, 뚱딴지 할아버지도 참전 군인이셔?"

"아니. 우리 할아버지는 하우스보이였어."

"하우스보이? 그게 뭔데?"

유미의 눈빛이 호기심으로 반짝거렸다.

"아! 나이가 어려서 전쟁에 나갈 수 없었지만 미군 부대에서
군인들을 도왔대."

나는 대충 얼버무렸다.

"우아! 정말이야? 너희 할아버지 대단하다!"

미군 부대에서 일했다고 하니까 유미는 할아버지를 첩보원이
나 특공대쯤으로 생각하는 것 같았다. 나는 하우스보이가 뭔지

사실대로 알려 주지 않았다. 아니, 전체가 아닌 부분만 말했다. 유미가 어떻게 생각하는지 정확히 모르지만, 그대로 믿게 내버려두는 게 좋을 것 같았다.

전쟁기념관을 돌아다니는 동안 소소한 대화를 나눴다. 유미는 혜미 누나 이야기를 했는데, 형제가 없는 나는 생소하면서도 부러웠다. 서로의 이야기에 빠져 스마트폰을 잃어버렸다는 것과 할아버지를 찾아야 한다는 사실을 까맣게 잊고 있었다.

"오늘따라 시간이 빨리 가는 것 같아."

유미의 말에 피식 웃음이 나왔다.

"아, 빨리 어른이 되면 좋겠다. 공부 안 해도 되고, 실컷 놀러 다닐 수 있을 텐데. 그렇지?"

유미의 말에 가슴이 철렁 내려앉았다.

"그건 그다지 좋은 생각은 아닌 것 같아."

나는 동의할 수 없었다. 시간이 빨리 지나갔으면 좋겠다는 바람으로 생긴 얼토당토않은 사건들 때문이다.

"그러니까 내 말은……."

"아! 그, 그래 네 말이 맞아."

내 말을 이해했는지 유미가 손사래를 치며 대답했다.

"어른이 되고 싶지만, 너처럼 시간을 건너뛰고 싶지는 않아. 길을 헤매더라도 지금처럼 한 걸음 한 걸음 천천히 걷고 싶어."

왠지 모르지만, 유미의 말에 가슴 한쪽이 뜨거워졌다.

"미아 찾기 안내 방송이라도 부탁해 볼까?"

전쟁기념관 곳곳을 다녀 봐도 할아버지를 찾을 수 없자 유미가 제안했다.

"할아버지는 미아가 아니잖아."

"아무렴 어때. 유실물보다 낫잖아."

도저히 말로는 유미를 이길 자신이 없었다. 유미는 전쟁기념관 안내원에게 공손한 말투로 방송을 부탁했다. 곧 할아버지의 이름이 전쟁기념관에 울려 퍼졌다. 하지만 한참을 기다려도 할아버지는 끝내 모습을 보이지 않았다.

"이제 어떻게 하지?"

나는 유미에게 결정을 미뤘다.

"참! 너랑 연락이 안 돼서 부모님이 걱정하실 텐데 집에 전화해야 하는 거 아니야?"

유미의 말에 정신이 퍼뜩 들었다.

그러고 보니 엄마 아빠를 까맣게 잊고 있었다. 스마트폰을 잃어버린 데다 거짓말까지 했다는 것을 알면 무척 화를 낼 것 같았다.

"집에 가서 기다려 보는 건 어때? 할아버지가 집에 오셨을지도 모르잖아."

유미의 말이 옳았다. 이제 집에 갈 시간이 된 것이다.

"유미야, 나 한강공원에 가 보고 싶어. 다음에 같이 갈래?"

조심스럽게 물었는데 유미는 흔쾌히 대답했다.

"그래. 꼭 같이 가자."

유미가 내 마음을 받아 줘서 고마웠다.

유미의 스마트폰으로 엄마에게 전화했다.

"도대체 너까지 왜 그러니?"

전화를 받은 엄마는 대뜸 화를 냈다.

나는 할아버지가 사라진 것이 내 탓이라고, 실수를 바로잡고 싶었다고 자초지종을 설명했다. 할아버지를 생각하는 마음이 전해진 건지 엄마의 화가 누그러들었다.

"하여튼, 집에 오기만 해. 아빠한테 말해서 혼쭐내 줄 거니까. 그런 줄 알아, 알았어?"

생각보다 심하게 꾸지람을 듣지 않아서 다행이었지만 가슴이 꽉 막힌 것처럼 답답했다. 어쩌면 최악의 상황일지도 모른다. 스마트폰도 잃어버리고 할아버지도 찾지 못했으니까.

모든 게 엉망이었지만 할아버지를 찾으려고 노력했다는 것이 그나마 위안이 되었다.

"유미야, 고마워. 너 아니었으면 여기까지 오지 못했을 거야."

혼자였다면 틀림없이 길을 잃었을 거다. 유미가 나를 빤히 쳐다보았다. 그때, 그날처럼. 가슴이 두근거렸다.

"앞으로 힘들면 나한테 말해. 혼자 끙끙 앓지 말고. 알았지?"

유미가 내 손을 꽉 잡았다. 얼굴이 화끈거렸다. 내 얼굴처럼 노을이 하늘을 붉게 물들이고 있었다.

"이제 집에 가자."

"그래."

손을 잡고 있으니 불안한 마음이 점차 사그라들었다.

유미와 나란히 걸었다. 내 앞에 펼쳐진 길이 어디로 향하는지 알 수 없지만 가슴을 활짝 펴고 힘차게 앞으로 나아갔다.

12
시간의 그림자

"너희 아빠한테 혼날지도 모르니까 그냥 갈게."

지하철역으로 마중 나온 아빠에게 유미를 소개하고 싶었지만, 유미는 한사코 거절했다. 무모한 일을 벌여 걱정을 끼쳤다는 게 불편한 모양이었다. 우리는 지하철역 앞에서 헤어졌다.

"괜찮니?"

멀어지는 유미의 뒷모습을 멍하니 보고 있는데, 뒤에서 아빠가 물었다.

"아빠, 죄송해요. 전 할아버지를 찾으려고⋯⋯."

"괜찮아, 우림아. 네 마음 다 알아."

아빠는 내 등을 토닥였다.

"걱정했는데 별일 없어서 다행이야. 그래도 앞으로 어디 갈 때는 솔직하게 말해야 한다?"

"네, 아빠."

집으로 돌아가는 차 안에서 운전하는 아빠의 옆모습을 물끄러미 쳐다보았다. 아빠가 할아버지 이야기를 꺼내지 않아서 내가 먼저 조심스레 물었다.

"할아버지는요? 돌아오셨어요?"

"응. 병원에 계신다고 연락받았어."

"병원이라고요? 왜요? 어디 다치신 거예요?"

깜짝 놀라서 물었다.

"그래, 다치셨다고 할 수 있지. 그게 기억이라서 문제지. 치매 때문이었어. 할아버지가 사라지신 것 말이야."

엄마 예상이 맞았다. 할아버지는 치매였다. 할아버지의 병은 한겨울 밤에 내린 눈처럼 조용히 왔다. 자고 일어나서 창밖을 보니 눈이 세상을 온통 뒤덮고 있는 것처럼 말이다. 밤새 내린 함박눈처럼 절망이 우리 집에 쌓인 것이다.

할아버지는 혈관성 치매 진단을 받았다고 했다. 점점 증세가 나빠지는 알츠하이머 치매와 달리 할아버지가 앓고 있는 병은 증상이 좋아졌다가도 갑자기 나빠진다고 했다. 꾸준한 약물 치료와 운동을 해야 하고, 기름진 음식은 피해야 한다고 했다. 할아버지는 고기를 좋아하는데……

"혹시나 했지만 믿고 싶지 않았던 것 같아. 지금은 오히려 마음이 편안하고 홀가분하구나."

아빠가 말을 이었다.

"내가 겁나는 건, 할아버지가 우리를 못 알아보실까 봐……."

"아빠……."

아빠의 말에 나도 가슴이 아팠다. 만약 아빠가 할아버지처럼 치매에 걸린다면 나도 아빠처럼 현실을 외면하고 싶을까? 만약에 아빠가 치매에 걸려서 나를 기억하지 못한다면 내가 기억할거다. 아빠와의 추억은 내 기억 속에서 영원할 거니까.

"할아버지도 아세요?"

"어, 치료받기로 하셨어."

아빠는 할아버지를 위해 최선을 다할 거라며 나를 안심시켰다. 이제야 모두 제자리를 찾은 느낌이었다.

나는 할아버지가 시간여행을 계속할 수 있기를 바랐다. 그 순간만큼은 행복할 테니까 말이다. 할아버지가 시간여행을 계속할 수 있게 돕고 싶었다. 타임조커만 있으면 할아버지는 언제든 여행을 떠날 수 있을 것이다.

할아버지는 길을 헤매다 넘어져서 타박상을 입었고, 검사와 치료를 하기 위해 병원에 입원했다.

"아빠. 저, 할아버지와 할 얘기가 있어요."

타임조커를 돌려주려면 할아버지와 둘만 있는 게 좋을 것 같았다.

병실 안으로 들어서자, 약 냄새가 코를 찔렀다. 팔에 링거를 꽂고 누워 있는 환자들을 보니 마음이 무거웠다. 창가 쪽 침대에 누워 있는 할아버지 한쪽 얼굴에는 아주 큰 반창고가 붙어 있었다. 넘어져서 다친 할아버지가 어린애가 된 것 같아서 씁쓸했다.

"할아버지……."

나지막한 목소리로 할아버지를 불렀다.

할아버지는 멍한 눈길로 나를 바라보았다. 표정에 아무 변화가 없었다. 나를 알아보지 못하는 게 틀림없었다. 괜스레 화가 났다.

"뚱딴지 할아버지, 또 어디 갔다 오셨어요?"

"길을 잃어버렸어."

내 질문에 할아버지가 웅얼거렸다. 할아버지 목소리를 듣는 순간, 가슴에서 무언가 복받쳐 올랐다.

"할아버지, 죄송해요."

얼른 침대로 다가가 할아버지의 바짝 야윈 손을 잡았다. 힘을 주면 부서져 버릴 것 같은 손이었다.

"걱정 많이 했지?"

할아버지가 내 머리를 쓰다듬었다. 아무런 힘이 느껴지지 않았다.

"할아버지, 제가 잘못했어요. 이거 돌려드릴게요."

주머니에서 타임조커를 꺼내 할아버지 손에 꼭 쥐여 주었다.

"이젠 네 거다. 난 필요 없어."

"필요 없다니요? 할아버지는 타임조커가 없어서 길을 잃은 거예요. 이걸 갖고 있으면 다시는 길을 잃지 않을 거라고요."

"그렇지 않아."

"타임조커는 오랫동안 간직해온 할아버지 친구의 유품이잖아요!"

할아버지의 잃어버린 기억이 돌아오지 않을까 싶어서 일부러 과거 일을 언급했다.

"녀석이 나와 함께 있고 싶어 하지 않아."

"할아버지……."

목이 메어 목소리가 제대로 나오지 않았다.

"그동안 녀석 덕분에 마음의 짐을 모두 덜었지. 후회스러웠던 일 모두……."

할아버지는 울먹이는 나를 보며 손짓했다.

"기타 안 사줬다고 우는 게야? 여기서 나가면 기타 사 주마."

"네? 갑자기 무슨 말씀이에요?"

할아버지가 무슨 말을 하는지 이해되지 않았다.

"지난번에 기타 갖고 싶다고 했잖아."

할아버지는 나를 아빠로 착각한 듯했다. 어린 아빠에게 기타를 사 준다고 말하고 싶었던 것이다. 할아버지는 시간여행 중이었다.

"괜찮아요. 이제 기타 안 사 주셔도 돼요."

아빠를 대신해서 대답했다.

"너, 지금 무슨 말을 하는 게야? 기타는 무슨 기타."

할아버지가 시간과 기억을 건너뛸 때마다 나는 할아버지가 원하는 사람이 됐다. 최선을 다해서 그 사람이 되려고 노력했다.

"왜 할아버지만 두고 집을 나간 게야? 고민이 있는 게야?"

"아니에요. 그런 거 없어요."

"그럼 나 때문이야? 나를 찾으러 갔다는 변명 말고, 진짜 이유가 뭐야?"

"아, 아니에요. 다 해결됐어요."

"후회할 일은 하지 않는 게 좋아."

잠시 침묵이 흘렀다.

"이게 보이니?"

할아버지가 뜬금없이 하얗게 센 머리를 가리켰다.

"이게 바로 내가 받은 훈장이야."

할아버지의 입가에는 미소가 떠올랐다.

"사람들은 시간과 싸움을 하지. 주름이 지고 머리가 세는 건 훈장을 받은 것과 같아. 지금까지 잘 견뎌 왔다고, 세월이 주는 훈장이란다."

할아버지의 말이 무슨 뜻인지 조금은 알 것 같았다. 하지만 하얗게 센 머리 아래에 넘어져서 얻은 상처가 남아 있었다.

"자식한테 짐이 되고 싶지 않았어."

할아버지의 깊은 고민을 느낄 수 있었다.

"알아요, 할아버지. 엄마 아빠도 알고 있어요."

"피곤하구나. 이제 좀 쉬어야겠다."

할아버지 목까지 이불을 끌어 올려서 덮어 주었다.

"그럼 편히 쉬세요. 또 올게요, 할아버지."

병실에 들어올 때와는 다르게 가벼운 발걸음으로 나설 수 있었다. 병실 문을 닫으려고 할 때, 할아버지의 목소리가 내 발걸음을 붙잡았다.

"프랭크야, 프랭크 바움!"

할아버지의 목소리는 갑자기 기운이 넘쳤다.

"네?"

"타임조커 주인 이름이 프랭크라고. 시카고 출신이지. 마술사가 꿈이었대."

나는 할아버지를 보며 보름달처럼 환한 미소를 지어 보였다.

"할아버지, 전 그만 가 볼게요."

"그러렴."

할아버지가 지그시 눈을 감는 것을 보고 병실을 나섰다. 밖에서 기다리던 아빠가 근심 어린 표정으로 물었다.

"할아버지랑 무슨 얘기를 했어? 좀 어떠신 것 같아?"

"아빠, 할아버지가 병원에서 나가면 기타 사 주신대요."

"기타?"

아빠는 어리둥절한 표정을 지었다.

나는 할아버지의 미소를 흉내 내려고 입 근육을 힘껏 끌어 올렸다. 귀에 걸린 입꼬리는 집으로 돌아오는 내내 내려오지 않았다. 할아버지의 마음을 어렴풋이 알게 됐기 때문일 것이다.

13
마지막 시간여행

"어제는 별일 없었어? 엄마한테 안 혼났어?"

교실에 도착하자마자 유미가 질문을 쏟아 냈다.

"괜찮아. 많이 안 혼났어."

"뚱딴지 할아버지는 좀 어떠셔?"

"우리 할아버지? 며칠 더 입원해서 검사받기로 하셨어. 아! 타임조커의 주인이 누군지 알아냈어. 이름이 프랭크래."

할아버지와 병실에서 나눈 대화를 유미에게 들려주었다. 유미는 눈을 반짝이며 내 이야기에 귀를 기울였다.

"뚱딴지 할아버지는 참 재미있으신 것 같아. 그런데 왠지 짠하다, 너희 부모님 말이야."

무거운 짐을 짊어진 우리 엄마 아빠를 유미가 걱정해 주는 것이 고마웠다. 엄마 아빠의 마음을 헤아리는 것은 어렵지 않았다.

치매 환자 가족들이 받는 고통에 대해서는 익히 알고 있었으니까. 앞으로 어렵고 힘든 일이 하나둘 닥칠 테고, 우리 가족은 마음에 상처를 입을 것이다. 그래서 겁이 난다. 엄마 아빠가 좋지 않은 감정에 휩쓸리지 않기를 바란다. 그리고 시간과의 싸움에서 무너지지 않았으면 좋겠다.

"난 할머니가 되고 싶지 않아. 안 늙었으면 좋겠어."

나도 유미와 같은 마음이었다. 빨리 어른이 되고 싶지만, 늙고 싶지는 않았다.

"그런데 프랭크라고 했지? 타임조커 주인 말이야."

유미가 뒤늦게 생각난 듯 화제를 바꿨다.

"이름이 무슨 소시지 같지 않니?"

유미의 말에 웃음이 터져 나오려고 했지만, 꾹 참았다.

"오유미, 넌 정말 이상한 애야."

"나도 알아. 그리고 우림이 네가 모르는 것도 알고 있어."

유미가 말했다.

"뭐? 내가 뭘 모르는데?"

"네가 얼간이라는 거……."

유미의 엉뚱함에 웃음이 터지고 말았다. 누가 들을세라 유미는 목소리를 낮춰 물었다.

"타임조커 말이야, 지금도 갖고 있니?"

나는 타임조커를 조심스레 꺼내 유미에게 보여 주었다.

"와, 정말 오래된 거네. 한번 해 볼래?"

유미가 얼굴을 코앞에 바짝 들이밀었다. 시간여행을 해 보고 싶은 모양이었다.

"시간여행을 꼭 한번 해 보고 싶었거든. 서른쯤의 내 모습이 너무 궁금해. 취직은 했는지, 결혼은 했는지 말이야."

유미의 맑은 눈동자가 호기심으로 반짝거렸다.

"다른 사람이랑 시간여행을 함께해 본 적은 없어. 그렇게 긴 시간을 건너뛰어 본 적도 없고. 더구나 기억을 잃어버릴 수도 있는걸……."

"그래, 아무래도 안 되겠지?"

내가 머뭇거리자, 유미는 고개를 획 돌렸다. 실망한 기색이 역력했다.

"삐쳤니?"

"아니."

"정말 삐친 거 아니지?"

"아니라니까!"

유미의 목소리가 사뭇 날카로웠다. 어쩔 수 없이 유미의 요구를 들어줘야 할 것 같았다.

"시간여행이 시작되면 그사이의 일들은 하나도 기억 못 할 수도 있어. 그러니 어떤 봉변을 당할지 몰라."

"그 정도쯤이야. 히히히."

유미의 호기심은 혀를 내두를 정도였다. 나는 다시 확인할 요량으로 시간여행의 부작용을 확실히 알렸다.

"진심이야?"

"그렇다니까."

유미는 단호했다.

"딱 한 번만이다."

유미는 고개를 힘차게 끄덕였다.

나는 눈을 감고 타임조커를 만지작거리며 마음속으로 시간을 되뇌었다. 서른이면 16년을 건너뛰어야 하는데 그게 가능할지 나도 궁금했다. 우리가 어떤 모습일지, 그때도 지금처럼 함께 웃고 있을지…….

"잠깐! 시간여행을 할 때 어떻게 해야 해? 주문 같은 건 없니?"

유미가 내 팔을 붙들고 다급하게 물었다.

"생각해 본 적 없는데…….'

"에이, 너무한다. 좀 심심하지 않니?"

"듣고 보니 그런 것 같네."

"주문을 만들어 볼래? 이건 어때? 할라뽕샤 왈라샤!"

참을 수 없는 웃음이 터져 나왔다.

바람이 귀밑을 스쳐 지나갔다. 한여름 뙤약볕으로 달궈진 공기를 식혀 주는 시원한 바람이었다. 나는 그늘이 짙게 내린 커다란 나무 아래에 서 있었다. 사방을 둘러보았지만, 유미는 보이지 않았다. 그때 누군가 내 바지를 잡아당겼다. 서너 살쯤 된 여자아이가 나를 물끄러미 올려다보고 있었다. 내 입에서 무슨 말이 떨어지기를 기다리는 눈치였다. 뭐라고 해야 할지 알 수 없었다. 기억이 송두리째 사라져 버렸다.

"꼬마야, 너 왜 혼자 있니?"

아이의 눈이 놀란 토끼 눈처럼 커졌고, 당장이라도 울음을 터뜨릴 것처럼 얼굴이 일그러졌다. 이것은 틀림없이 불행한 사건의 전조였다. 아이가 울면 일이 커질 것 같았다.

"애, 엄마 어디 있어?"

말이 떨어지기가 무섭게 아이의 눈동자에서 눈물방울이 뚝 떨어졌다. 마음을 졸이며 아이의 부모를 찾았다. 하지만 어찌 된 일인지 아이의 부모는 보이지 않았다.

"엄마 어디 있는지 몰라?"

아이는 기다렸다는 듯 목청껏 울기 시작했다. 쩌렁쩌렁한 소리에 귀가 다 먹먹할 정도였다. 우는 아이 때문에 안절부절못하고 있는데 멀리서 다가오는 유미가 보였다. 유미 뒤에는 일곱 살, 열 살쯤 되어 보이는 남자아이 둘이 뒤따르고 있었다.

"맞다! 서른……. 그럼 성공한 거야?"

유미의 모습은 확실히 달랐다. 옷차림도, 얼굴도 성숙한 어른이었다. 그럼 내 모습은 어떨까? 스마트폰 카메라로 내 얼굴을 확인하면 알 수 있겠지만 차마 용기가 나지 않았다.

"너, 유미 맞지?"

하지만 유미는 나를 본척만척하더니 아이를 번쩍 안아 올렸다.

"우주야, 울지 마."

유미가 어르자, 아이는 거짓말처럼 울음을 뚝 그쳤다. 세상이 떠나갈 듯 우는 아이의 울음을 그치게 만드는 유미의 능력에 감탄하고 말았다.

"이 인간이 정말! 장난하지 말랬지!"

유미의 말에 깜짝 놀라 소리쳤다.

"장난하지 말라고? 설마! 내가 아, 아……."

익숙한 단어가 입가에 맴돌았다.

"말도 안 돼. 이건 꿈일 거야."

"꿈 같은 소리 하고 있네. 빨리 우주나 안아서 달래 줘."

유미가 나에게 아이를 넘겨 주었다.

"어, 어……. 안 돼. 나 아기 못 안아!"

아이를 떨어뜨리지는 않을까, 혹시 나에게 안 온다고 하지는 않을까 걱정이었다. 그러나 나와 눈을 맞추는 아이의 눈빛을 보자, 머릿속에서 맴돌던 걱정은 사라졌다.

"내, 내가 정말 아빠가 됐어……."

나는 우주를 번쩍 안았다. 버둥거리며 내 품에 안긴 아이는 앙증맞은 손으로 내 등을 토닥거려 주었다. 가슴이 뭉클했다.

"아빠."

우주가 나를 아빠라고 불렀다.

"그래, 내가 아빠야."

나는 우주를 힘껏 끌어안았다. 우주가 이렇게 자라는 동안의 기억이 전혀 없는 게 안타까웠다.

"아빠! 나도!"

기쁨과 안타까움이 교차하는 사이 새로운 충격이 밀려들었다. 남자아이들이 내 양쪽 다리를 하나씩 붙들고 늘어졌다.

"도, 도대체 몇 명인 거야?"

다리에 힘이 풀려서 그 자리에 맥없이 주저앉고 말았다. 눈앞이 빙빙 돌았다. 주위가 뿌옇게 변하더니 희미해지기 시작했다. 세 아이의 아빠가 되는 일은 멋진 일이지만 전혀 예상하지 못했던 일이었다.

"너, 지금 무슨 소릴 하는 거야?"

신경질적으로 외치는 유미의 목소리가 머나먼 곳에서 들려오는 것 같았다.

"악!"

나도 모르게 비명을 내질렀다. 유미의 팔꿈치가 내 갈비뼈를 강타했기 때문이다.

"왜 이렇게 약골이야!"

"뭐가 어떻게 된 거야? 시간여행을 하고 온 건가?"

너무나도 생생해서 꿈이라는 생각이 들지 않았다.

"너, 대체 혼자 무슨 상상을 하는 거니?"

"야호! 살았다! 꿈이었어!"

나는 신이 나서 고래고래 소리를 질렀다.

"뭐가 그렇게 좋아서 혼자 키득거려?"

유미가 옆에서 쉴 새 없이 잔소리를 했다. 옆구리가 아프고, 유미의 잔소리에 귀가 따가웠지만 입가에 배시시 번지는 미소는 어쩔 수 없었다.

14
비무장지대

　시간여행에서 본 일이 실제로 일어날지는 알 수 없다. 그 일은 여러 갈래로 뻗은 아름드리나무의 가지들처럼 여러 가능성 중 하나일 뿐이니까. 특별한 경험을 하며 깨달은 사실은 소중한 시간을 미루거나 낭비하지 않아야 한다는 것이다.

　이제 어떤 도움 없이도 무얼 해야 할지 알 수 있었다.

　"엄마 아빠, 더 늦기 전에 할아버지랑 임진각으로 여행을 가고 싶어요. 할아버지랑 전쟁기념관에 가기로 한 약속을 지키지 못한 것도 마음에 걸리고요."

　우리 가족은 조금씩 안정을 찾고 있었다.

　"임진각? 비무장지대 말이니?"

　아빠는 잠깐 말이 없었다. 그러고는 기특한 생각을 했다며 칭찬을 했다.

"어릴 때는 할아버지랑 종종 갔는데 한동안 못 갔구나. 많이 좋아졌다고 해서 전부터 가 봐야겠다고 생각했는데……."

"여보. 아버님 모시고 가도 정말 괜찮을까?"

"아버지 상태가 더 나빠질 수 있으니 이번 기회에 다녀오는 것도 나쁘지 않을 것 같아."

엄마는 근심 어린 표정을 지우고 이내 아빠의 말에 동의했다.

"그래요. 우림이 덕분에 오랜만에 가족 여행을 하겠네."

할아버지와 약속을 지킬 수 있어서 다행이었다.

"비무장지대?"

유미가 되물었다.

"할아버지랑 함께하는 마지막 가족 여행이 될지도 모르는데, 내가 껴도 될까?"

"너도 할아버지 찾느라 애썼잖아. 그리고 엄마랑 아빠도 허락하셨어."

"그럼 진짜 시간여행이 되겠네?"

비무장지대는 처음 가는 곳이라 기대가 되기도 하고, 유미와 함께 갈 수 있어서 설레기도 했다.

토요일 아침 일찍, 우리 가족은 유미를 만나기로 한 장소로 향했다.

"네가 유미구나? 만나서 반가워."

엄마가 유미에게 다정하게 인사를 건넸다.

"유미야, 우리 할아버지셔. 할아버지, 얘가 유미예요."

"안녕하세요. 우림이 친구 오유미예요. 할아버지 말씀 많이 들었어요."

유미가 할아버지에게 공손히 인사했다.

"네가 그 아이로구나!"

유미가 나를 바라보았다. 자신에 대해서 어떤 말을 했는지 궁금한 모양이었다.

"그날 할아버지 찾느라 엄청 고생했어요. 참! 할아버지, 옛날에 미군 부대에서 일하셨다면서요?"

유미의 당돌한 질문에 할아버지는 껄껄 웃으며 대답했다.

"네 나이보다 어렸지. 열한 살인가, 열두 살인가? 미군들이 날 무척 예뻐했지. 잔심부름도 시키고 말이야."

"그런데 무슨 일을 하신 거예요? 첩보 활동 같은 거예요?"

"아니, 군복도 빨고 군화도 닦는 소소한 일들이었지."

유미가 동그랗게 뜬 눈으로 할아버지와 나를 번갈아 바라보았다. 어떻게 된 거냐고 묻고 싶은 모양이지만 나는 시선을 피하며 어깨를 으쓱해 보였다.

아빠가 내비게이션 검색창에 '임진각 평화누리공원'을 입력했다.

"북한이 고작 두 시간 남짓이면 갈 수 있는 곳이라니!"

두 시간이면 갈 수 있는 곳을 70년 넘게 가지 못한다는 게 새삼 안타까웠다.

차를 타고 가는 내내 유미는 할아버지 말동무가 되어 주었고, 할아버지는 손녀를 얻은 것 같다며 즐거워했다.

'DMZ 평화관광'은 두 가지 코스가 있는데, 우리는 우리나라 최북단에 있는 도라산역을 가는 코스를 선택했다. 비무장지대를 관람하려면 매표소 근처에서 대기 중인 버스를 타고 이동해야 했다. 버스가 민간인 통제 구역 앞에 멈추자, 군인이 버스에 올라타 신분증 검사를 했다. 갑자기 비무장지대가 가깝고도 먼 곳이라는 생각이 들었다.

제일 처음 도착한 곳은 북한을 가장 가까이 볼 수 있는 도라전망대였다. 망원경으로 북한의 선전마을을 볼 수 있었다.

"비무장지대에는 남한의 대성동 마을과 북한의 기정동 마을이 있단다."

어느새 유미와 내 곁으로 다가온 할아버지가 말했다.

"휴전할 때 비무장지대에 남과 북 각각 한 마을씩 남기기로 했지. 정말 안타까운 일이야. 두 마을의 거리는 고작 800미터밖에 되지 않지만 서로 왕래하지 못하니까 말이야."

할아버지와 엄마가 나를 경계에 두고 대치했던 기억이 떠올랐다. 세상에는 얼마나 많은 경계선이 있는 걸까? 서로를 인정하지 못하는 경계선 말이다. 그때 나는 아무것도 할 수 없다는 사실에 어쩔 줄 몰랐다. 엄마와 할아버지의 대치는 아빠가 할아버지의 병을 인정하면서 편해졌다. 서로 자신의 주장을 내세울 이유가 사라지니 더는 경계할 일이 없어진 것이다. 남한과 북한도 할아버지와 엄마처럼 서로를 인정하는 사이가 되면 좋겠다.

다음으로 간 곳은 제3땅굴이었다. 1978년, 서울로부터 불과 52킬로미터 떨어진 지점에서 발견되었다고 했다. 땅굴 안은 천장이 높지 않아서 어른들은 구부정한 자세로 걸어야 했다. 할아버지가 걱정됐지만 아직 거뜬해 보였다.

"이곳이 지금까지 발견된 땅굴 중에서 가장 크단다. 무장한 병력 3만 명이 1시간 안에 평양에서 서울까지 이동할 수 있대."

유미와 나는 할아버지의 이야기에 귀를 기울였다.

"다시는 이 땅에서 전쟁이 일어나면 안 돼. 그래서 과거를 알아야 하고, 잊어서는 안 되는 거야."

할아버지가 단호한 어조로 말했다. 어쩌면 스스로에게 하고 싶은 말인지도 몰랐다.

관광하는 내내 말로 표현하기 어려운 감정이 마음 한편에 자리 잡고 있었다. 슬프다기보다는 뭐랄까, 숙연해지고 무거워지는 기분이랄까?

남과 북, 통일, 분단, 전쟁이라는 단어가 새삼스레 가까이 다가왔다. 그동안 전쟁은 그저 옛날이야기라고만 여겼다. 전쟁의 참혹한 실상을 몰라서가 아니라 내가 직접 경험하지 않았기 때문이다. 하지만 이곳에 와 보니 나와 상관없는 이야기가 아니었다. 할아버지의 과거는 내 미래와 연결되어 있는 거였다.

DMZ 평화관광을 마치고 우리는 평화누리공원을 산책했다. 유미와 나는 가족과 조금 떨어져서 함께 걷고 있었는데, 유미가 뜬금없는 말로 내 발길을 멈추게 했다.

"나, 그 사람 누군지 알아냈어."

"누구 말이야?"

"프랭크 바움이라는 사람 말이야."

"정말? 어떻게 알았어? 참전 군인이었어?"

내가 제일 궁금한 건 타임조커의 진짜 주인, 그러니까 프랭크 바움이라는 사람이 아직 살아 있는지였다. 살아 있다면 할아버지가 틀림없이 만나고 싶어 하실 테니까 말이다.

"인터넷에 검색해 봤거든. 프랭크 바움, 시카고, 마술사 이렇게……."

유미의 말을 들으면서 나는 왜 미처 그 생각을 하지 못했을까 생각했다.

"어디선가 들어 본 얘기 같지 않니?"

유미가 실눈으로 나를 바라보며 반응을 살폈다.

"들어 본 얘기라니? 아니, 난 모르겠는데?"

내가 고개를 갸우뚱거리자, 유미가 기다렸다는 듯 말했다.

"그럴 줄 알았어. 《오즈의 마법사》 알지?"

"《오즈의 마법사》? 당연히 알지. 그런데 왜?"

"그 책을 쓴 작가가 바로 프랭크 바움이거든."

나는 내 귀를 의심하지 않을 수 없었다.

"뭐라고? 그럼 모두 다 할아버지가 꾸며 낸 얘기라고?"

"가능하지. 너희 할아버지는 뚱딴지같잖아. 너처럼 말이야."

유미가 틀렸기를 바랐지만, 할아버지한테 속은 기분이 드는 건 어쩔 수 없었다.

"그, 그럴 리 없어. 혹시 같은 이름을 가진 사람이 있었던 건 아닐까?"

"그렇게 궁금하면 할아버지한테 물어보든가. 내가 지금 물어볼까?"

"아, 아니야! 내가 나중에 물어볼게."

주머니 속에 간직하고 있던 타임조커를 꺼내 보았다. 카드 속조커가 나를 보며 웃는 것만 같았다. 할아버지 이야기가 모두 거짓이라고 해도 타임조커의 특별함은 변함없었다.

"할아버지는 정말 뚱딴지같다니까……."

할아버지의 시간여행은 기억 속에 잠재된 정보들이 만들어 낸 환상이거나 꿈일지도 모른다. 내가 경험한 시간여행도 진짜였는지 상상이었는지 잘 모르겠다. 다만 내 시간여행은 할아버지와 다르게 시간이 빨리 흘러가기를 바라는 마음이 만들어 낸 건지도 모른다. 현실에서 도피하고 싶은 욕망이 만들어 낸 환상 말이다. 아이는 어른이 되고 싶어 하고, 노인은 지나간 시절을 그리워하는 법이니까.

여러 가지 일을 겪는 동안 나는 달라졌다. 좀 더 어른스러워졌다고 해야 할까?

내비게이션 알림 소리가 들렸다. 이제 새로운 길을 안내받을 시간이다. 내비게이션 아이콘을 길게 눌렀다. 앱을 홈 화면에 추가할지, 삭제할지를 묻는 메시지가 떴다. 나는 고민할 것도 없이 삭제 버튼을 눌렀다.

"우림아. 너 괜찮겠니?"

유미가 걱정스러운 표정을 지으며 물었다.

"진작 해야 했던 일이잖아."

하지만 내비게이션 없이 길을 찾는다는 건, 마치 망망대해를 나침반 없이 항해하는 것과 다름없다.

"그래도……. 처음엔 좀 헷갈릴 것 같아."

"금세 익숙해질 거야. 그리고 내비게이션 앱에서 해방된 것 축하해."

유미가 손뼉을 치며 축하해 주었다.

"고, 고마워. 그런데 이게 축하받을 일인가?"

나는 멋쩍게 대답했다.

"당연하지! 너는 이제 진짜 모험가가 된 거야! 세상을 개척하는 내비게이터 말이야."

유미가 활짝 웃으며 내 어깨를 툭툭 쳤다.

"세상을 개척하는 항해자라······."

유미의 말이 내 가슴을 뛰게 했다.

이제 앞으로는 누군가의 지시를 맹목적으로 따르지 않을 것이다. 내 안에서 들려오는 소리에 귀를 기울이고, 마음이 이끄는 대로 길을 찾을 것이다. 미지를 탐험하는 모험가, 진짜 내비게이터가 되는 것이다.

"그래서 오늘은 어디에 갈 건데?"

유미가 물었다.

"우리 한강공원에 가기로 했잖아."

유미는 고개를 끄덕이고 나에게 발걸음을 맞췄다.

두 갈래로 나누어진 길에 멈춰 섰을 때였다. 어디에선가 선선한 바람이 불어왔다.

"유미야, 이쪽이야."

나는 바람이 부는 방향으로 발걸음을 옮겼다.

"확실한 거지? 만약에 길을 잃어버리면 어떻게 할 거야?"

유미가 말똥말똥한 눈으로 나를 보며 대답을 재촉했다.

나는 잠시 뜸을 들인 뒤, 호흡을 가다듬고 말했다.

"길을 잃으면……. 처음부터 다시 시작하면 되지, 뭐."

유미가 나를 보며 해맑게 웃었다.

시간여행을 경험하고 깨달은 것이 있다. 우리는 모두 시간여행자라는 사실이다. 원하든 원치 않든 우리는 늘 시간여행을 하고 있다. 과거를 돌아보는 일이나 다가올 미래를 상상하는 일, 그것이 바로 시간여행일 테니까 말이다.

시간여행은 너무나도 매혹적이다. 몇 가지 장점을 꼽아 보면 다음과 같다. 여권이 필요 없고, 짐이 필요 없으며, 돈도 필요 없다. 언제, 어디로, 어떻게 갈지 알 수 없다는 점만 빼면 시간여행은 평온하고 또 편안한 여행이다. 할아버지가 겪고 있는 치매처럼 기억이 사라지지만 않는다면 시간여행은 더할 나위 없이 만족스러운 여행이 될 것이다. 그러니 언젠가 시작될 당신의 시간여행에 늘 행운이 따르기를…….

《열네 살의 내비게이션》은 우연한 계기로 시간을 건너뛰는 이상한 경험을 하게 된 소년의 성장 이야기입니다. 자신의 길을 찾으려고 방황하는 소년과 시간여행자라고 주장하는 할아버지의 길 찾기 여정을 그리고 있습니다.

주인공 우림이는 길을 잃어버리는 게 두려워서 내비게이션에 의지합니다. 열네 살은 자신의 길에 대해서 많은 생각을 하는 시기이지요. 수많은 길 중에 자신에게 맞는 길을 찾는 것은 무척 어려운 일입니다.

청소년기를 지나 성인이 되고, 또 노인이 되어도 길 찾기는 쉽지 않습니다. 어린 시절 6·25 전쟁을 겪은 할아버지는 과거와 현재를 오가며 길을 잃고 헤맵니다. 자신만의 여행을 하느라 말없이 집을 나가는 할아버지를 가족들은 이해하지 못합니다.

같은 시대를 살지만 다른 삶을 살아가는 할아버지와 손자를 통해서 가족과의 관계, 역사와 개인의 관계에 대해 생각해 보았으면 합니다.

이 이야기는 많은 길을 헤맨 끝에 세상에 나오게 되었습니다. 주인공이 자신의 길을 찾는 데까지 오랜 시간이 걸린 것처럼요. 한겨울, 원주의 토지문화관에서 초고를 완성하고, 이탈리아 나폴리의 변덕스러운 날씨

속에서 원고를 다듬었습니다.

낯선 환경에서의 삶은 현실과 환상이 공존하는 느낌을 줍니다. 길을 잃어버렸을 때는 시간이 너무 빨리 가고 오랜 유적지에 둘러싸여 있을 때는 과거의 시간으로 건너뛰기도 하는 기분이 들기도 하지요.

나폴리에서 여러 번 길을 잃었고, 길을 찾는 데 내비게이션의 도움을 받아야 했습니다. 그 경험 때문인지 주인공의 마음에 더 다가갈 수 있었습니다.

낯선 길에 서면 누구나 길을 잃을까 봐 두렵습니다. 하지만 새로운 길 찾기를 도전해 보라고 말하고 싶습니다. 길을 찾는 과정에서 느끼는 불안함과 조바심은 살아 있음을 느끼게 해 줍니다. 살아 있는 그 감정들을 느껴 보는 것은 어떨까요?

여러 길을 만나고 부딪쳐 보세요. 길을 잃어버리면 처음부터 다시 시작하면 되니까요.

2024년, 권요원

열네 살의 내비게이션

초판 1쇄 2024년 10월 18일 | 2쇄 2025년 5월 15일

글쓴이 권요원 | **펴낸이** 황정임
총괄본부장 김영숙 | **편집** 김로미 김선의 | **디자인** 이선영 김태윤
마케팅 이수빈 윤인혜 | **경영지원** 손서안 정충만 | **제작** 이재민

펴낸곳 초록서재(도서출판 노란돼지) | **주소** (10880) 경기도 파주시 교하로875번길 31-14 1층
전화 (031)942-5379 | **팩스** (031)942-5378
홈페이지 yellowpig.co.kr | **인스타그램** @greenlibrary_pub
등록번호 제406-2015-000137호 | **등록일자** 2015년 11월 5일

ⓒ 권요원, 2024
ISBN 979-11-92273-27-3 43810

초록서재는 여린 잎이 자라 짙은 나무가 되듯,
마음과 생각이 깊어지는 책을 펴냅니다.